# 皇后美智子さま　全御歌

釈　秦　澄美枝

新潮社

# 皇后美智子さま　全御歌

釈　秦澄美枝

# はじめに

皇后美智子様は昭和三十四年の御成婚以来、多くの〈御歌《みうた》〉をご発表なされていらした。それは東宮《とうぐう》妃殿下から后宮《きさいのみや》様となされて、〈公《おおやけ》〉の場で〈公〉のお立場から、〈公〉の御心を詠まれた御歌と、また今上帝《きんじょうてい》とご一緒に皇室史上初めて親王《しんのう》様、内親王《ないしんのう》様方を慈しまれるご家庭をお創りになられて、〈私《わたくし》〉のご家庭内で〈私〉となされての母后《ははきさい》様のお心より詠まれた御歌、とを主に拝見させていただける。

そうしてご自分でお創りになられたご家庭での母后様のお心からさらに広く深く、この日本の民《たみ》と国《くに》の〈御国母《おんこくも》様〉とあそばされての民と国を想われ癒され救われ、何よりも近代の多くの大戦で無常となった民への—魂鎮《たましず》め—と申す、まさしく国母《こくも》の御方でなくては詠みえない御歌も拝見させていただける。と同時にこの御歌こそが皇后美智子様の最ものご本来と深く尊重申し上げる。

皇后美智子様のこのように多彩な御歌に、時に皇統を想い、折りに誰もが母や祖母から受けた情愛や子へかける愛情を共感し、何より日本と日本人が直面した究極の絶望から癒され救われ、魂が鎮められてゆくことであろう。

さらには、皇后美智子様の深奥に生きる戦争への悲哀から当然として生まれた—祈り—の御歌によって、全ての人間が平安に生きる次代の国際社会へ、共に心が導かれてゆこう。

それが皇后美智子様の御歌と言える。

皇后美智子様のこのような御歌にはまた、二千年の日本に生まれ熟成し、日本人が歴史の中で育み脈脈としてきた全ての文化・思想から、さらに永遠となってゆくであろう日本ならではの美的情緒や雅も、日本人の生き方となる本来までもが精彩を放っている。

それは、御歌が〈歌詞《うたことば》〉と言う、日常の伝達機能を超《こ》えた表現力による詞《ことば》で詠まれているからなのである。

古代、『古事記』『万葉集』の頃、人人は事に触れ折りに触れて神に祈る謡《うた》いを舞いと共に捧《ささ》げていた。その中から次第に日本人の息吹となる五・七調の日本語が生まれる。

が、政治も経済も、文化も宗教までもが隋や唐からの移入で形成された日本、その日本で平安時代に入って約百年の延喜五（九〇五）年、時の帝醍醐《みかどだいご》天皇は日本で初めてとなる勅撰和歌集《ちょくせんわかしゅう》『古今《こきん》和歌集』を編纂させ、日本人の感性に響いた心を、日本人オリジナルの詞で、日本人の息吹となる表現へと創り上げた。

それこそが、「仮名序《かなじょ》」にも高らかに謳われる〈歌詞〉による五・七・五・七・七、三十一音の一首で完結する〈倭歌《やまとうた》（和歌《わか》）〉である。

公となる日本語の創造〈歌詞〉、この歴史的誕生により、以後、室町時代までの勅撰二十一代集は当然として、平安王朝に創作された全ての物語も日記も随筆も実は、この歌詞で綴られたもの。『源氏物語』の登場人物名も巻名も『古今和歌集』以来の歌詞であり、そして歌詞は今度は物語の中で使われることで人人の悲哀や場面が醸《かも》し出す情趣《じょうしゅ》を内包し、一詞だけでそれらの美や聖を余情とできる詞に熟成されてゆく。また今度は、感性の才女清少納言が綴った『枕草子』初めの「春は曙」も「秋は夕暮」も七音の美しい歌句《かく》として、中世に至り後鳥羽《ごとば》上皇が編纂させた『新古今《しんこきん》和歌集』の和歌では、一首と共にその興趣《きょうしゅ》を余情に彩った。

一千年以上ものこの〈歌詞〉が鏤《ちりば》められているからこそ、皇后美智子様の御歌にも、歌詞に内包される日本美と日本人の根源となる信仰から思想までが象徴されるのである。

◈

入内《じゅだい》なされて御歌をお詠み始めた美智子様は、自然の色や香りに「美」を感じ「感性」に響かれ（第一章）、皇室が「伝え」る雅を尊ばれ（第二章）、今上帝とご一緒に「つねに国民と共に」あられながら（第三章）、私のご家庭で「吾子」様方をお慈しみ（第四章）、東宮妃となされても后宮となされても「心」と「魂」の奥底からのお痛みの御歌（第五章）を詠まれてゆく。

いよいよ「平成」の御代《みよ》をお迎えなられては、后宮様となされての本来の希求を高らかに掲《かか》げられ（第六章）、今上帝との恋の贈答歌〈窓〉の御歌と共に、継承するべき〈道〉の御歌（第七章）を詠み上げられてゆく。それこそが今上帝と御祈願なされた〈新しい国の形—「平和」な日本—〉。

平安王朝以来、歌集がテーマに沿って部立《ぶだて》毎に編《あ》まれたように、この本は、美智子様が東宮妃殿下から后宮様におなりあそばされ、八十御賀《おんが》をお迎えあそばす平成二十六年までに公表された全ての御歌を、テーマに沿って編まさせていただいた一冊となる。

そして計らずもその部立は、入内直後から今日《こんにち》までの美智子様の魂の軌跡とも受けとめられる配列となってゆく。まさしく〈美智子様物語となってゆく絵巻物〉へと。

歌詞一詞と、御歌一首一首とを大切に尊重させていただきながら、八十御賀を心底《しんてい》よりご慶賀申し上げて、御歌を拝見させていただいて参りたい。

秦　澄美枝

# 目次

# 美智子さまの歩み

## ご成婚

皇太子さまとの婚約が決まり、宮内庁に到着した正田美智子さんと英三郎さん、富美子さん。
昭和33年11月27日

ご成婚パレード。昭和34年4月10日

# ご家族

［右上］東宮御所の庭で美智子さまと遊ぶ浩宮さま。昭和36年5月5日

［右下］サルビアの花で紀宮さまをあやす美智子さま。東宮御所にて。昭和45年10月

［左上］浩宮さまが押す乳母車に乗ってごきげんの礼宮さまと「御箸初の儀」を迎えた紀宮清子さま。皇太子さまご夫妻。東宮御所にて。昭和44年9月17日

［左下］こどもの国でミニＳＬに乗り、笑顔を見せる天皇皇后両陛下、皇太子ご夫妻、秋篠宮ご一家、黒田慶樹さん・清子さん夫妻。横浜市。平成21年12月19日

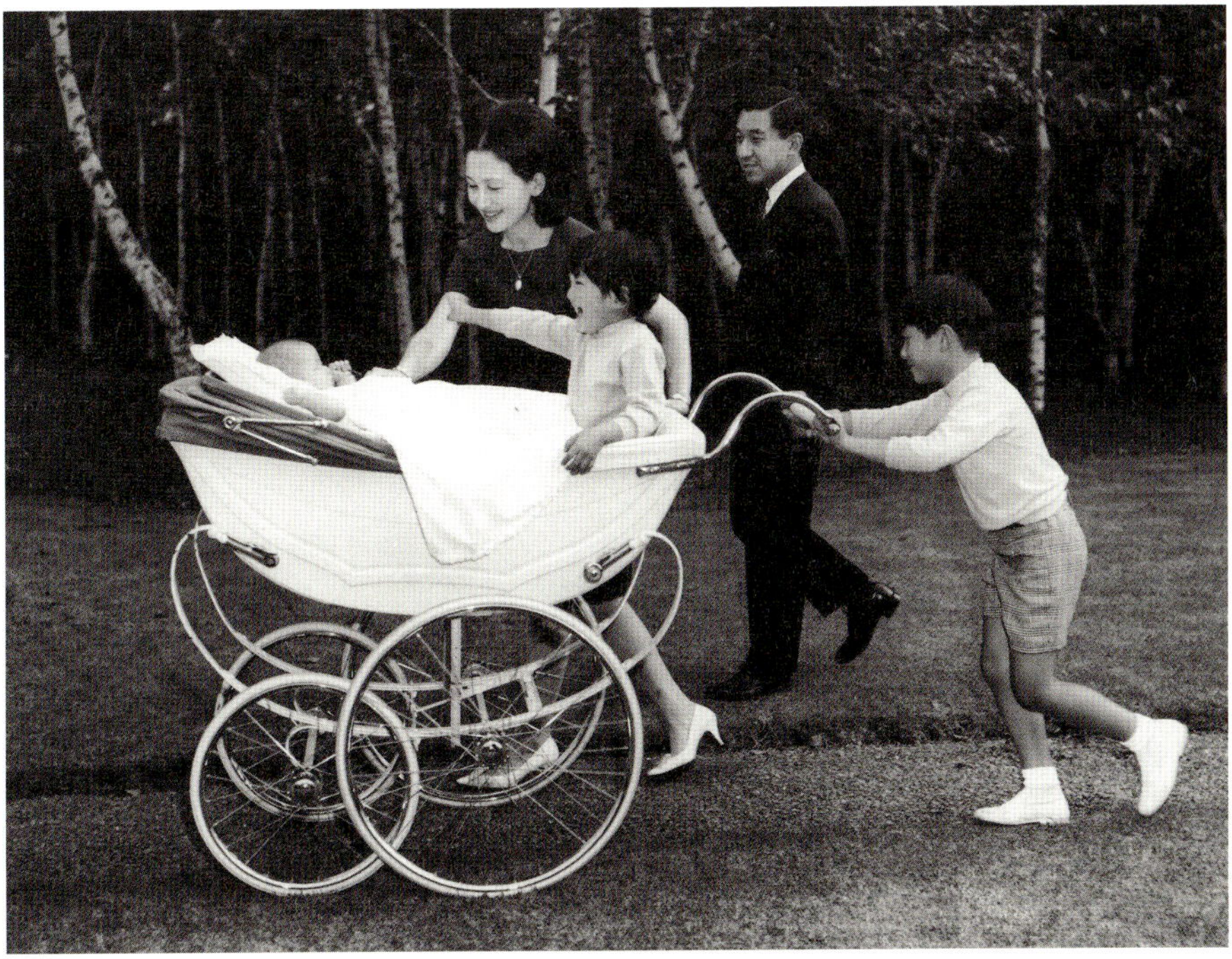

# ご即位

「即位礼正殿の儀」で内外へ向け正式に即位を宣言した天皇陛下は同日午後、皇后陛下とともに皇居から赤坂御所までのコースを、オープンカーでパレードした。平成２年11月12日

# ご近影

御所内回廊で過ごす天皇皇后両陛下。平成25年9月26日

テニスの試合を観戦、応援される皇后さま。平成21年9月28日

# 第一章　美と感性

# 花

イギリスのディクソン社より献呈されたバラ「エンプレス・ミチコ」。

## 薔薇

剪定《せんてい》のはさみの跡《あと》のくきやかに薔薇《さうび》ひともといのち満ち来ぬ

皇后陛下御誕辰御兼題
昭和三十七年

剪定の後のはさみで切った跡もみるみる新鮮になってきて、一本の薔薇に命が満ちてきた美しさを詠む御歌である。

「薔薇《さうび》」は現代では西洋の花の印象ではあるが、実は中国渡来のもので、日本では平安朝に菅原道真が「……花開くも　百花の春に競《きそ》はず　薔薇《しやうび》　汝は是れ妖鬼《えうき》なるべし」（『菅家文草』）と漢詩に作り、宮廷人にその華やかさが愛でられていた。

はさみでの切り口というシャープで無機的な印象から、全体に命が満ちる有機的な感動へと流麗に詠みなした御歌と言える。

## 尾花

秋づけば目もはるかなる高原《たかはら》に尾《を》花《ばな》は紅《あか》き穂《ほ》群《むら》をなせり

昭和四十九年

秋の気配が漂ってきて、遥か遠くまでの風景を眺望した時の、穂群となっている尾花の紅さを詠む御歌。

「尾花」とは「薄《すすき》」のことで、王朝以来、秋の代表的景物として愛《め》でられてきたもの。これを秋の野で最もの趣《おもむき》と記したのは清少納言の「秋の野おしなべたるをかしさは薄にこそあれ。穂先《ほさき》の蘇芳《すはう》に、いと濃《こ》きが、朝露に濡《ぬ》れてうちなびきたるは、さばかりの物やはある」(『枕草子』七〇 草の花は)で、濃い蘇芳色が朝露に輝く美を絶讃している。

日本の伝統色「襲《かさね》の色目」の中で蘇芳色として生きてきた尾花の紅色を、遠景に眺める秋の興趣の御歌である。

## 種

この年も露けく咲かむ紅花《べにばな》と掌《てのひら》に白き種を見てをり

昭和五十四年

掌に見ている白い種から、今年も咲くであろう紅花を〈面影に視《み》る〉御歌である。

「紅花」は古名を「紅《くれない》」とか「末摘花《すえつむはな》」と言い、鮮やかな黄色から赤色に変わる花を夏に咲かせるもので、色を表に出す風情から、『万葉集』以来『古今集』などでも秘めた心が表われてしまう恋歌で多く詠まれてきた花。「末摘花」と言ってすぐ想われるのが『源氏物語』の光源氏の恋人末摘花、この女性に源氏は末摘花によせた「なつかしき色ともなしに何にこの末摘花を袖に触れけむ」との恋歌を贈った。

露も乾かない早暁に摘む「紅色」を、目の前に見ている白色の種と対比して想う色彩の御歌となろう。

桜月夜《さくらづくよ》

月の夜を出《い》でて見さくるこの園に大島桜花白く咲く

昭和五十四年

春の朧月夜の美景を遠くから眺めている中に咲く大島桜の白さを詠む御歌。

「桜月夜」は『源氏物語』「花宴」で描かれるような、霞がかかって花の白さも透明な空間にほのやかに映る朧月夜のイメージであろう。王朝において最も情趣《じょうしゅ》が愛でられた美である。そして朧月夜でさらに風情を感じさせるのは霞に曇る梅の花の香りなど、この御歌では若葉を付けると共に開いて漂ってくる大島桜の芳香となろう。

平安朝以来の花の季節の朧月夜の優艶さに、射す月光の中で浮かび上がってくる白い桜と、さらに香りまでも漂ってくる雅な御歌である。

衛士

み堀《ほり》辺《べ》の舗《ほ》装《さう》の道の明《あか》るきに花散り敷きて若き衛《ゑ》士《じ》立つ

昭和五十五年

桜の花びらが一面に散り敷いている彩のお堀辺の道に、春の明るい陽光を受けて立つ若い衛士を詠む御歌。

「花散り敷きて」が描く景色は木に咲いていた桜が散り、花びらが散った後に地上を覆っている情景で、花を想う王朝人が求めた花の終焉の美しさ、『新古今集』にも藤原定家の和歌「桜色の庭の春風跡もなし訪はばぞ人の雪とだに見む」が残る。

この伝統美の景の中に、大化改新以来、平安朝において宮中警護にあたった「衛士」の姿を描き、桜が散った後の華やかなお堀辺の風景を詠み上げた御歌なのである。

## 寒椿

いてつける水のほとりの寒椿《かんつばき》花のゆれつつ白鷺《しらさぎ》のたつ

昭和五十七年

寒椿が咲いていた凍った水のほとり、その花が揺れながら飛び立っていった白鷺を詠む御歌である。

「寒椿」は冬に咲く早咲きの椿で、その色は王朝人にも「とやかへる鷹《たか》の尾山の玉椿霜をば経《ふ》とも色は変《かは》らじ」（『新古今集』）と愛でられていた美しさ。同じく「白鷺」も藤原定家の「夕立の雲間の日影晴れそめて山のこなたを渡る白鷺」（『玉葉集』）以来、白い姿で飛翔する鮮明さが最も美しい本意となってきた鳥。

動かない氷と寒椿の静寂から、花も揺らして飛び出した白鷺の音と動きへ、さらに氷の透明さと椿の赤色から白鷺の白色へと、彩の焦点も流麗に変化してゆく御歌となろう。

旅

この年の泡立草《あわだちさう》の黄の色のにごり少なく沿線に咲く

平成六年

今年咲いた泡立草の新鮮な黄色が、沿線に続いている景を詠む御歌である。

「泡立草」は北米原産の外来種で、秋に黄色の花を付けて美しく、昭和四十年以降に全国で大繁殖した花である。后宮様の御歌で黄色の花が詠まれることは、紅色・桃色・桜色、そして白色と比べて多くはなく、「セイタカアワダチソウ」として一気に日本に広がった花に目を留められ、海外から入った新しい花を迎えられ、その色へお心がゆかれたのであろう。

日常を超えた旅の中で、濁り少ないまぶしさが沿線に添って帯となっている色彩に、清新な明るさを喚起された御歌と言える。

常磐松の御所

黄ばみたるくちなしの落花《らくくわ》啄《ついば》みて椋鳥《むくどり》来鳴く君と住む家

昭和三十四年

てのひらに君のせましし桑の実のその一粒に重みのありて

昭和三十四年

茶の花

茶畑の白き小花のつつましも照り葉のかげり受けて花咲く

昭和四十五年

彼岸桜

枝《えだ》細み木《き》ぶりやさしく小彼岸《こひがん》の春ひと時を花つけにけり

昭和四十八年

ある日

仰《あふ》ぎつつ花えらみゐし辛夷《こぶし》の木の枝《えだ》さがりきぬ君に持たれて

昭和四十八年

麦の穂

思ひゐがく小金井の里麦の穂揺れ少年の日の君立ち給ふ

昭和四十九年

睡蓮

那須の野の沼地に咲くを未草《ひつじぐさ》と教へ給ひきかの日恋《こほ》しも

昭和五十四年

桑の実

くろく熟《う》れし桑の実われの手に置きて疎開《そかい》の日日を君は語らす

昭和五十五年

梅雨寒

やむとしもなく降り続く雨のなか小《こ》寒《さむ》き園《その》に梅の実を採《と》る

昭和五十六年

若草

萌えいづる若草の野辺今日行《ゆ》かば青きベロニカの花も見るべし

平成三年

菊

わが君のいと愛《め》でたまふ浜《はま》菊《ぎく》のそこのみ白く夕《ゆふ》闇《やみ》に咲く

平成三年

ほととぎす

ほととぎすやがて来《き》鳴《な》かむこの園《その》にスカンポは丈《たけ》高くなりたり

平成四年

夏近く

かの町の野にもとめ見し夕すげの月の色して咲きゐたりしが

平成十四年

歌会始御題　葉

おほかたの枯葉は枝に残りつつ今日まんさくの花ひとつ咲く

平成二十三年

打ち水

花《はな》槐《ゑんじゅ》花なき枝葉そよぎいで水打ちし庭に風立ち来たる

平成二十五年

# 春

「雪割草（ユキワリソウ）」とも呼ばれる紫の花、オオミスミソウ。

## 永日

淡雪を庭のかたへに残しつつゆふべほの白く永き春の日

皇后陛下御誕辰御兼題
昭和三十九年

春になって日も長くなり、淡雪を片一方に残しながらも夕方のほの白い光が射す永い春の日を詠む御歌である。

日が長くなった春日は「永日《えいじつ》」「日《ひ》永《なが》」「永き日」などと表現されて、王朝以来さまざまに和歌に詠まれてきた時間、同じく「夕《ゆふべ》」も古来四季折り毎の美景を愛でられてきた時で、後鳥羽上皇の「見渡せば山もとかすむ水無瀬川夕べは秋となに思ひけむ」(『新古今集』)は「春宵」を発見した院の歴史的秀歌。

平安朝以来の伝統である穏やかな春日を、白色の柔らかな夕べの光と、そこに輝やき反射する冬の名残りの「淡雪」とによって「永き春の日」に結ぶ緩やかに優雅な一首と言える。

春潮

水平線やはらぎふふみそそぎ来るこの黒潮の海満たすとき

天皇陛下御誕辰御兼題
昭和四十年

今、目の前のこの、黒潮が海を満たすその時に、柔らかさを含み注いでくる水平線の大きな動きを詠む御歌である。

題にもなっている「春潮《しゅんちょう》」は唐詩などに見える熟語で、伝統和歌では「春の潮《うしお》」として「霞しく春の潮路を見渡せば緑を分くる沖つ白波」（『千載集』）を見出せるほどである。「春の海」と表現する歌詞《うたことば》と比べると、水の小さな変容を全て包み込む海の水の重厚さが表わされてこよう。

この御歌より三、四年後あたりから后宮様は、地球や宇宙の自然力をダイナミックに詠まれてゆく。その先駆けをイメージするような海を満たす黒潮の動きと、その時とを詠む一首となる。

潮

春のうしほ映す山かげ若葉して水の緑に魚《うを》ら寄るとふ

昭和四十四年

春の潮を透明な水ではなく、瑞瑞しい薄緑色を映す若葉の風景で構成し、その水に泳ぎ来る魚によって動く緑色の潮を詠む御歌である。

后宮様は緑色の景のさまざまな美を、一首に叶う表現で詠まれていて、この御歌で要となる「若葉」は、『源氏物語』「若紫」で光源氏が若紫の初初しさを詠む和歌で初めて表現されてから多様な和歌や物語に表現されてきた歌詞。その色を、これもまた「影ひたす水さへ色ぞ緑なる四方の梢の同じ若葉に」（『夫木抄《ふぼくしょう》』）のように水に映る景に捉えた王朝以来の視点で構成してゆく。

透明感ある薄緑色の潮を動きをなしている景に詠みなした、后宮様の美観の典型のひとつともなりうる一首と言える。

## 花曇

花曇《はなぐもり》かすみ深まるゆふべ来てリラの花房ゆれゐる久し

昭和四十九年

花色の透明感ある空間が無限に広がってゆく中で、淡い紫色のリラの花房がゆったりとゆったりと揺れている美しい情趣《じょうしゅ》である。

それは平安朝より桜の時季の薄曇りの空を象徴してきた「花曇《はなぐもり》」の美景に、同じく壬生忠岑《みぶのただみね》詠のように「春立つといふばかりにやみ吉野の山もかすみて今朝は見ゆらむ」（『拾遺集』）と愛でられてきた「かすみ」を重ねた表現によるもの。そうしてその空間は「ゆふべ」を迎えて、より透明感を深めてゆく。

その中にゆらりゆらりと揺れ動くリラの花色が透《す》いて視《み》え、和《やわ》らかな時の流れに伴なって花の香りまでもが漂《ただよ》ってくる御歌となろう。

風に揺れるリラ（ライラック）の花房。

## 春灯

春の灯《ひ》のゆるるお居間にこの宵をひひなの如く君もいまさむ

皇后陛下御誕辰御兼題
昭和六十年

春の夜の灯が揺れる宵、ほのやかな灯りに映りながら、まるで雛人形のようにおいであそばす今上帝の御姿を詠まれた御歌。

「春の灯《ひ》」も「春…の…宵」も「雛《ひひな》」も全て王朝からの優美さばかり、藤原定家は暖かさがにじむ灯を「山の端の月まつ空の匂ふより花にそむくる春の灯火《ともしび》」(『玉葉集』)と、後鳥羽上皇は自ら発見した「春宵の美」を多彩な和歌に、そして清少納言も「雛《ひひな》」を「いとうつくし」(『枕草子』一五五 うつくしきもの)と詠み、綴ってきた。

いつの時季よりものどやかな春宵に、ともる雪洞《ぼんぼり》に照らされる「雛《ひひな》」の世界が展開される甘美なロマンを余情とする一首である。

石

朝の日に淡き影おく石の上遅き桜のゆるやかに散る

平成二年

散り残っていた桜が、朝の日を受けて地上の石の上に花片《はなびら》形の影を落としながら、ふわりふわりと空を舞い散ってくる御歌である。「桜」こそは『古今集』以来、最も心を寄せられてきた花、王朝人は咲く前から花を待ち、満開の桜に心華やぎ、散るを惜しみ、散ってまでも面影に追ってきたもの、『古今集』に入る紀友則の「ひさかたの光のどけき春の日に静心なく花の散るらむ」は散ってゆく桜への尽きない愛惜を深くする名歌。

春の柔らかな陽光が射す空にゆったりと舞う花片が優美にイメージされながらも、「影」が喚起するネガティブな気分に晩春の儚《はかな》さがそこはかとなく漂う惜春の御歌と言えよう。

## 陽炎

彼方なる浅き緑の揺らぎ見ゆ我もあらむか陽炎《かげろふ》の中

平成七年

ゆらゆらと揺れる陽炎の透明な中に、まるで物語の主人公のようにいらっしゃる后宮様、そして后宮様が陽炎の彼方に見える浅緑色の景色を構成している御歌。

「陽炎」が空に揺れる風景は主に春の美しさとして愛でられてきたもの、しかし、その、たゆたう不確実性のため伝統和歌では恋の儚《はかな》さを表わして「夢よりも儚きものは陽炎《かげろふ》のほのかに見えし影にぞありける」（『拾遺集』）などと詠まれ、また漢詩からの「遊糸《いとゆう》」から「遊ぶ糸」とも表わされてきた美景。

立ち込める陽炎が創る甘美な空間に、心遊ばれる后宮様がいらっしゃる世界で、早春の浅緑色が春色の透明さに陽炎を通して透《す》く色を添える一首である。

# 春

癒えましし君が片へに若菜つむ幸おほけなく春を迎ふる

平成十五年

御病からお癒えあそばされた今上帝のお傍らで春を迎える恐れ多いまでの幸せを、「若菜摘」に託して詠まれた御歌。

「若菜摘」とは平安朝に入り、正月七日か初子《はつね》の日に万病を除く七種もしくは十二種の若菜を摘む野遊びから始まり、その日にその年の七種の新菜を羹《あつもの》として奉る宮中行事となったもの。『百人一首』にも入る『古今集』の名歌「君がため春の野にいでて若菜摘むわが衣手に雪は降りつつ」以来、清少納言もその美しさを愛で、その楽しみを多彩に綴っている（『枕草子』三　正月一日は・一三四　七日の若菜を）。

王朝からの雅な行事に、邪気を祓い長寿を願う「若菜摘」本来の祈念を生かして、今上帝の御快癒を寿ぐお慶びの迎春の御歌である。

春空

つばらかに咲きそめし梅仰ぎつつ優しき春の空に真むかふ

皇后宮御誕辰御兼題
昭和三十五年

朱

ひたすらに餌《ゑ》を食《は》む鳥の朱《あけ》の嘴《はし》をちこちにしてみ園春めく

皇后陛下御誕辰御兼題
昭和五十年

白鳥

白鳥《しらとり》も雁《かり》がねもまた旅立ちておほやしまぐに春とはなれり

天皇陛下御誕辰御兼題
昭和五十三年

春泥

春草のはつはつ出《い》づる土手のさま見むと春泥《しゅんでい》の道あゆみゆく

昭和五十五年

のどか

湘南に遊ぶひと日ののどかにて菜も葉ぼたんも丈《たけ》高く咲く

昭和五十六年

桜草

雪解《ゆきど》けの大雪山の花畑コエゾザクラは咲きてあらむか

皇后陛下御誕辰御兼題
昭和六十三年

よもぎ

早春《さうしゆん》の日溜りにして愛《かな》しくも白緑色《はくりよくしよく》のよもぎは萌えぬ

平成元年

ぶらんこ

おしなべて春とはなりしこの国にあまた揺れゐむ子らのぶらんこ

平成元年

うららか

ことなべて御身《おんみ》ひとつに負《お》ひ給ひうらら陽《び》のなか何思《なにおぼ》すらむ

平成十年

歌会始御題　立

天地《あめつち》にきざし来たれるものありて君が春野に立たす日近し

平成二十五年

# 緑・青

新緑の白樺林。

# 蝶

白樺の小枝《さえだ》とびくぐ白き蝶ら野辺のいづくに姿ととのふ

皇后陛下御誕辰御兼題
昭和四十三年

白樺の小枝の間を飛びくぐっている色もまた白い蝶に、いつか止まって整えるであろう姿を想う御歌である。

「蝶」は順徳院が歌学書『八雲御抄《やくもみしょう》』に記すように、王朝人には季節を限らず春から秋までの可憐さで、そこから「胡蝶の夢」（『荘《そう》子《じ》』）以来の夢想の世界へ誘《いざな》われるものであった。嵯峨天皇も「数《すう》群《ぐん》の胡蝶《こてふ》空に飛び乱れ……無心《むしん》にして処々春風《しよしよしゆんぷう》に舞ふ」（『文華秀麗集』）と、空に飛ぶ胡蝶の無心さへ夢幻な想いをはせてゆく。

平安朝以来の和歌・漢詩で伝統となってきた胡蝶への夢を余情に漂わせながら、夢の先に后宮様ならではの白い中の白い〈整った美〉を想う一首と言える。

## 目高

池の面《も》に豊《ゆた》に映《うつ》れるさみどりのかすかに揺れて目高ら行きぬ

昭和五十三年

池水の表に豊かに映っているさ緑、その透明感ある美しい色がかすかに揺れた美しさに目をやっていると、透《す》いた緑色の中をさらに、透いた白さの目高が泳ぎ行く景の動きを詠む御歌である。

后宮様が最も愛でられる緑色の景を若草色を表わす雅語《がご》「さみどり」に印象化し、「春のうしほ映す山かげ若葉して水の緑に魚《うを》ら寄るとふ」（昭和四十四年）と共通する水に映る美景に構成した一首。が、「春のうしほ」御歌と比べると、水の薄さにより透明感は増し、魚たちではなく透《す》く感のある白い目高の動きが水との一体感を新鮮にしてゆく。

后宮様ならではの水の透明さに映るさ緑の清新さを、流麗な動きの中に詠みなした御歌となろう。

## 木下闇

# 夏木立《こだち》しげれる道の下闇《したやみ》に斑紋《はんもん》白き蝶ひとつ舞ふ

昭和五十四年

夏木立が創っている下闇の中、ひらひらとひらひらひらと舞う一頭の蝶を詠む御歌である。

「木下闇《このしたやみ》」は暑い夏にも涼感を感覚させる薄暗さから『万葉集』以来の和歌伝統となってきた景で、『玉葉集』でも「卯の花の散らぬかぎりは山里の木の下闇もあらじとぞ思ふ」のように詠まれていた。

后宮様は木木の中の蝶を「白樺の小枝《さえだ》とびくぐ白き蝶ら野辺のいづくに姿とどのふ」（昭和四十三年）とも詠まれ、その構成を愛でられていらっしゃる。その御歌よりこの御歌に至っては、白樺の中の複数の白い蝶から全体が闇の中で飛ぶ一頭の蝶となっていて、〈整った美〉から今度は「ひとつの蝶の白」の闇の中でより鮮明になる流麗な舞いに視点が集約される御歌となっている。

田植

卯《う》の花の花明《あか》りする夕暮れに御田《みた》の早苗《さなへ》を想ひつつゆく

昭和五十六年

真白い卯の花が美しい花明りを灯している夕暮時に、御田の早苗を想いながら花の灯火に誘《いざな》われてゆく御歌。

「卯の花」は白一色の輝きが王朝人に愛でられ、雪に月に月光にと見たてられながら、白河上皇の名歌「卯の花のむらむら咲ける垣根をば雲間の月の影かとぞ見る」(『新古今集』)などと詠まれてきた。その花を、花明りは桜を主流とする伝統の中で「月影を色にて咲ける卯の花は明けば有明の心地こそせめ」(『後拾遺集』)のように卯の花の花明りに表わした趣向が后宮様の〈白の世界〉を創ってゆく。

暮れゆく薄闇の中の「花明り」の光景に、初夏の日本の早苗の美景までをもイメージの中で映像化してゆく、いくつもの日本美を象徴する一首である。

卯の花（ウツギ）。

## 緑

# 緑なす木木さやぐ時いづくより散りくるならむ残る花片《はなびら》

平成七年

緑色の景をなしている木木がふと風にさやぎ、どこからともなく花片がふわりふわりと散ってきて、空に舞う花片から残っていた見えない花を想う心である。

「緑」は后宮様が最も愛でられて、その色がおりなすさまざまな風景を多くの御歌でお詠みなされている美しさ。が、この一首はその空間の中に散ってくる一片一片の花片の流れを見、それらから、散り残っていた見えない花を〈面影〉として求める思いを詠む御歌。散る花は『古今集』に入る紀貫之の名歌「やどりして春の山辺に寝《ね》たる夜は夢の内《うち》にも花ぞ散りける」のように、何より日本人の悲哀を誘《さそ》う美なるもの——

晩春から初夏へと季節が移りゆく中で交錯する二つの景色に、色と動きとから、そよぐ風までもが感覚されてくる御歌と言えよう。

マコモの芽生えに散る桜の花片。皇居・蓮池濠。

常磐松の御所

土の上にいでしばかりの眠《ねむ》り草《ぐさ》触れて閉《と》ざしめ朝《あした》遊べり

昭和三十四年

緑

はろけくも海越えて来しさ緑の大谷《おほたに》渡《わたり》新芽《しんめ》つけたり

天皇陛下御還暦御兼題
昭和三十六年

歌会始御題　草原

耕耘機若きが踏みて草原の土はルピナスの花をまぜゆく

宮崎県伝修農場
昭和三十八年

歌会始御題　鳥

この丘に草萌ゆるとき近みかも土のほぐれにきぎすいこへる

昭和四十年

歌会始御題　魚

手習へる紙の余白に海と書く荒磯《ありそ》に君が魚獲《うをと》らす日を

昭和四十二年

蟻

暑き日なか身ほどの餌《えさ》を運びきて蟻の入《い》りゆく白きくさむら

昭和四十四年

歌会始御題　花

にひ草《くさ》の道にとまどふしばらくをみ声れんげうの花咲くあたり

昭和四十五年

夏鶯

高原《たかはら》の夏浅ければうぐひすのあしたの歌に幼《をさな》きもあり

昭和四十五年

青葉梟

初夏《はつなつ》の夜《よる》の青葉《あをば》のかげならむふふみごゑにも青葉梟《あをばづく》鳴く

昭和五十年

今年竹

少年の姿に似たる今年竹《ことしだけ》すくやかに立ちて風にさやげり

昭和五十年

蝶

夏の日の静けさに会ふかかる刻《とき》を群《む》れて海渡る蝶もありなむ

昭和五十一年

入道雲

夏空に輪郭《りんくわく》しるく積まれゆく雲の峰あり今日も照りなむ

昭和五十二年

八十八夜

麦の穂のすこやかに伸びこの年も霜の別れの頃となりたり

昭和五十五年

柊

柊《ひひらぎ》の老いし一木《ひとき》は刺《とげ》のなき全縁《ぜんえん》の葉となりたるあはれ

昭和五十五年

若竹

おのづから丈高くしてすがすがし若竹まじるこのたかむらは

昭和五十八年

手袋

手袋を我にあづけてプロミナに君は遠磯《とほいそ》の鵜《う》を追ひ給ふ

平成四年

泉

森の道われより先に行きまして泉の在所《ありど》教へたまひし

平成四年

夕暮

暮れてゆく園《その》のみどりに驚けばプルキンエ現象と教へ給へる

平成七年

歌会始御題　草

この日より任務おびたる若き衛士《ゑじ》の立てる御苑《みその》に新草《にひくさ》萌ゆる

平成十三年

# 霜・雪・月

山の端の夕月。

## 新月

夕窓《ゆふまど》を閉ざさむひまを佇《たたず》みて若月《みかづき》のかげにしばらくひたる

皇后陛下御誕辰御兼題
昭和五十二年

新しい季節の「若月《みかづき》」の光が射す中に、まるで物語の主人公のようにその月光にひたっておられる后宮様のお姿がイメージされる一首。

夕暮になり陽《ひ》が沈むわずかな時に、窓を閉めようとする隙間から新月の光が美しく、しばらくその世界にうっとりとするお心が漂う。「新月《しんげつ》」は陰暦三日に出る細い月で特に八月三日の月を言い、伝統和歌では「若月《わかづき》」や「三日《みか》の月」と表わされて『古今集』「宵の間に出でて入りぬる三日月のわれて物思ふ頃にもあるかな」のように秋の物思いを誘うものであった。

若月を「みかづき」として月光が創る空間から、秋愁も余情に漂わせてくる物語的な御歌となろう。

歌会始御題　土

ふと覚《さ》めて土の香《か》恋ふる春近き一夜《ひとよ》霜葉《しもば》の散るを聞きつつ

昭和三十七年

空

新玉《あらたま》の年明けそめむ空にして回想のごとく懸《か》かる望月《もちづき》

昭和四十七年

行秋

過ぐる年オーストラリアの首都キャンベラにて
六月に霜を見しこと思ひいでて

異《こと》なれる半球にあれば行く秋と水無月《みなつき》の庭に早き霜おく

文化の日御兼題
昭和四十八年

立冬

冬に入《い》る霜白き庭に園丁《ゑんてい》のこもかけ終へし木木あまた立つ

昭和四十九年

辛夷《こぶし》

空に浮くやまあららぎの片咲《かたざ》きを月ほのやかに照らしてやまず

昭和五十年

冬靄

冬靄《ふゆもや》の中を静かに咲くならむ佐賀の茶園《ちやゑん》の白き花顕《た》つ

昭和五十一年

十六夜

いざよひの月はさぶしゑ望《もち》の夜《よ》をきそに過ぐしてためらひ出づる

昭和五十三年

雪明り

雪明《あか》る夕ぐれの部屋ものみなの優しき影を持ちて静もる

昭和五十五年

薄氷

この冬の暖かくして一月《いちぐわつ》の半《なか》ばやうやく薄氷《うすらひ》を見つ

昭和六十三年

狐

里にいでて手袋買ひし子狐の童話のあはれ雪降るゆふべ

平成四年

雪

暖冬に雪なくすぎしこの夕《ゆふべ》つかの間《ま》降れる雪をかなしむ

平成五年

猫

見なれざる猫がかなたを歩みゆく野の面《も》しろじろ霜置くあした

平成七年

雪どけ

雪どけの道になづむも稀《まれ》にしてこの年どしの冬暖かき

平成八年

# 香

秋空に映えるキンモクセイ。

木犀

木《もく》犀《せい》の花咲きにけりこの年の東京の空さやかに澄みて

昭和六十年

どこまでも高く澄み渡っているこの年の東京の空、その高い空に、咲き誇る木犀の花が映える輝やきを詠む御歌である。

「さやか」は后宮様が浩宮徳仁親王殿下の「加冠の儀」御長歌に「音さやに　さやに絶たれぬ」（昭和五十五年）と、また天皇陛下御誕辰御兼題の「さやか」による御歌（平成四年）と、とりわけに歴史的に公《おおやけ》となる儀式や稀な美しさを象徴してこの歌詞を表わされる。

その歌詞によって聖なる天までをも表象するような東京の空に咲いた、黄金色も眩しい木犀の花から色が視《み》え、木犀の本来である香りまでもが余情に漂ってくる御歌であろう。

香

蘭奢待《らんじやたい》ほの香るなか人越しにネールを見たり遠き秋の日

昭和四十四年

岬

はるかなる都井《とゐ》の岬の野生馬《やせいうま》たてがみは潮《しほ》の香《か》を持つらむか

昭和四十五年

土筆

梅の香をふふむ風あり来し丘のやや寒くして土筆《つくし》はいまだ

昭和五十七年

桜餅

さくらもちその香りよく包みゐる柔らかき葉も共にはみけり

昭和五十八年

新茶

「みさかえの園《その》」の子供ら摘《つ》みしとぞ新茶の香り今年《ことし》も届く

昭和六十三年

多磨全生園を訪ふ

めしひつつ住む人多きこの園に風運びこよ木の香《か》花の香

平成三年

# 透く

夕食会の招待客にあいさつする天皇皇后両陛下とソニア王妃、ホーコン皇太子。
ノルウェー・トロンハイムの王室御用邸。平成17年5月12日

羅

雨止《や》みてにはかに暑き日の射《さ》せばとのへ置きし羅《うすもの》うれし

昭和五十七年

降り続いていた梅雨の雨が止み、一瞬に夏へと変化した暑さの中で、前前からととのえて置いた夏衣へのいとおしさを、美しい伝統の歌詞《うたことば》「羅《うすもの》」に象徴した稀有《けう》な一首である。

透けて見える薄絹の夏の織物「羅」の衣装は、射す光によって華麗な光沢も放ちながら涼感までかもし出す雅なもの、王朝人はその美しさを「蟬の羽衣《はごろも》」と表わして『古今集』に入る凡河内躬恒《おおしこうちのみつね》の名歌「蟬の羽のひとへに薄き夏衣なればよりなむ物にやはあらぬ」以来、夏の風情の最もとし、感性の才女清少納言も「清らなる装束《さうぞく》の織物」(『枕草子』三〇三 夏のうは着は)と、その透明美を愛でている。

伝統の色や織を透かして〈季節を身にまとう〉嬉しみが漂ってくる御歌と言える。

## 白魚

おぼろなるこの月の夜《よ》の海に来て河口《かこう》に到る白魚あらむ

昭和六十三年

空間全体が春の霞にかすむ朧月の夜、澄む海の水に寄ってくる透明な白魚を詠む御歌。

朦朧《もうろう》とした春の朧月夜は、大江千里《おおえのちさと》の秀歌「照りもせず曇りもはてぬ春の夜の朧月夜にしくものぞなき」（『新古今集』）と王朝人に最も憧がれられた美景のひとつ、この甘美さは時代と共に澄む月光の清新さへも心を向かせ、「月清み瀬々《せぜ》の網代《あじろ》による氷魚《ひを》は玉藻《たまも》に冴《さ》ゆる氷なりけり」（『金葉集』）との、月光と透き通る氷魚の氷のような皎皎とした美も発見させていった。

夢幻な朧月の空とひとつになる海に、透《す》く白魚が集まっては、きらきらとした動きにさらに白い光を輝かせる〈雅と清澄さ〉の春の一首である。

# 珠

さまざまな色を抱く真珠。

## 珠

白珠《しらたま》はくさぐさの色秘むる中さやにしたもつ海原《うなばら》のいろ

皇后陛下御誕辰御兼題
昭和三十八年

さまざまな色を秘めている白珠が、清らかにも清らかに広く深い海原の色も保っているという、神秘な、そして宇宙的なイメージをも無限に広げている一首である。

「珠」は古代の日本では高貴さや神聖さを象徴された球形の宝石や真珠を意味していた。『古事記』には豊玉毘売《とよたまびめ》が詠む「赤玉《あかだま》は緒《を》さへ光れど白玉《しらたま》の君が装《よそ》ひし貴くありけり」という和歌が伝わり、『万葉集』にも聖なる「白玉」と「海」とを一首に込めた「海神《わたつみ》の持てる白玉見まく欲《ほ》り千たびぞ告《の》りし潜《かづ》きする海人」が残っている。

全ての色を包み込む「白」の、無限に輝やきを拡散してゆく「珠」に、尊い典雅さを象徴している后宮様のお求めになられる美の、ひとつの典型となる御歌と言えよう。

花八手

いつしかに葉群《はむら》を越えて乳色《ちちいろ》の八手《やつで》の花の球《たま》ととのへる

昭和五十六年

# 音

秋川渓谷のせせらぎ。

歌会始御題　音

わが君のみ車にそふ秋川の瀬《せ》音《おと》を清《きよ》みともなはれゆく

昭和五十六年

秋川の瀬音のあまりの清らかさから、わが君のみ車もその流れに沿って進むと共に、ご一緒に君と瀬音とに伴なわれてゆかれる御歌。

清らかな水の風情は、古来『万葉集』でも「朝床《あさとこ》に聞けば遥けし射《い》水《みづ》川朝漕ぎしつつ唱《うた》ふ舟人」のようにその水音に、『枕草子』では「月のいと明かき夜、川をわたれば、……水晶《すいしやう》などのわれたるやうに、水の散りたるこそをかしけれ」（二〇八　月のいと明かき夜）のように透明さや、月に輝やく水晶にも見まごう水滴の美しさとして人人の心を魅了してきた。

清澄な瀬音に伴なってゆかれるみ車に、いつものような折りも今上帝に添われていらっしゃる后宮様が面影となって参る大切な一首である。

冬野

窓にさす夕映《ゆふば》え赤く外《と》の面《も》なる野に冬枯《が》れの強き風ふく

昭和六十年

窓に射す夕映えの赤い色と、外で強く吹く冬枯れの縹渺《ひょうびょう》とした音とを対比的に詠む御歌である。

「冬枯」れは西行の名歌「冬枯のすさまじげなる山里に月のすむこそあはれなりけれ」(『玉葉集』)のように、すさまじいながら、それもまた一種の興趣として王朝人の心を誘《いざな》ってきた風情。対して、后宮様の御歌で〈窓〉はご婚約以来の今上帝とのお心を表わす特別の歌詞、茜色に類する「赤」も主に今上帝との大切な何かを託されるひとつの歌詞となるもの。

窓から入る夕映えの部屋に、今上帝と后宮様との暖かい豊かさを余情としながら、反対に描かれる冬枯れの蕭蕭《しょうしょう》感がより一層に部屋の内の明さを際立たせる一首となってゆく。

秋彼岸

秋彼岸《あきひがん》やうやく近く白雲の一つ浮かべる山の静けさ

昭和五十六年

歌会始御題　木

楠若木《くすわかぎ》君植ゑませば肥後《ひご》の野に清《きよ》らに立ちてをとめら歌ふ

昭和六十二年

梅雨

さやかなる声の聞こえて小千鳥《こちどり》が梅雨《つゆ》の干潟《ひがた》に来《きた》りて遊ぶ

平成三年

遠野

何処《いづこ》にか流れのあらむ尋《たづ》ね来し遠野静かに水の音する

平成二十五年

演奏会

左手《ゆんで》なるピアノの音色《ねいろ》耳朶《じだ》にありて灯《ひ》ともしそめし町を帰りぬ

平成二十五年

# 第二章

# 伝ふ

# ご養蚕

「上蔟行事」。カイコの幼虫を手に取り、わらで編んだ繭づくりのための器具「蔟（まぶし）」に移し替える皇后さま。紅葉山御養蚕所。平成26年5月23日

# 蚕

いく眠り過ごしし春蚕《はるご》すでにして透《とほ》る白さに糸吐《は》き初《そ》めぬ

昭和四十八年

長い眠りを過ごしてきた春蚕が糸を吐き始めた、その透《す》き通る白い糸の、美しい糸が今、球形の真珠のようになってゆく〈輝やきの瞬間〉を詠む御歌。

蚕を飼い、絹をつくることは既に中国が殷《いん》であった時代からあり、日本では光明《こうみよう》皇后が養蚕を祈願した目利箒《めとぎぼうき》が今も正倉院に伝わる。

近代に入ってご養蚕は歴代皇后がご継承なされており、后宮様も純日本種の小石丸というお蚕を飼育されて、その繭からは近年に正倉院の宝物「紫地《むらさきじ》鳳唐草丸文錦《ほうおうからくさまるもんのにしき》」が復元された。

日本古来の大切な文化であるご養蚕をご継承されておいでの中で発見なされた〈繭そのものの真珠のような美〉への時を詠む一首である。

秋蚕

真夜《まよ》こめて秋蚕《あきご》は繭《まゆ》をつくるらしただかすかなる音のきこゆる

時折《ときをり》に糸吐《は》かずをり薄き繭の中なる蚕《かひこ》疲れしならむ

籠《こも》る蚕《こ》のなほも光に焦《こ》がるるごと終《つひ》の糸かけぬたたずまひあり

音《おと》ややにかすかになりて繭の中のしじまは深く闇にまさらむ

夏の日に音たて桑を食《は》みゐし蚕《こ》ら繭ごもり季節しづかに移る

昭和四十一年

「繭《まゆ》」をつくり始めてから完成して静寂に入ってゆくまでのお蚕の動きを、「秋蚕」題の五首一連で詠み上げた連作の御歌である。

「連作」とは平安朝以来の和歌の詠み方で、五十首や百首で一首一首のテーマと共に、全体で物語性を展開させてゆく方法の詠歌。

この五首も、ただただ微《かす》かな音だけを発して夜の間中に糸を吐き繭をつくっている秋蚕、時折は疲れたのであろうか糸吐きを止めてしまったお蚕、次次に糸を吐きながらもやはり光に焦がれて糸吐きを躊躇《ちゆうちよ》している様子のお蚕、糸吐きも終わり闇よりも深い静寂に入っているお蚕、ここまで夏の桑食《は》みからの時を回想して季節が秋から冬へ移りゆくことを詠む。

が、一首目から二首目の間には盛んに繭を作っていた所から時折りは糸を吐かなくなるまでの変化、二首目から三首目の間には糸を吐かなくなった後に最後の糸をかけ終わりかねている様子、三首目から四首目の間には糸を吐き終わってからの音が徐徐に落ちついて光も深い闇以上の静寂に入ってゆく深化、四首目から五首目の間には深まった静かさそのものが、各各の御歌の間に余情となっている。そうしてそれらの余情が五首を繋《つな》いできた最後、夏から今に至るまでの秋蚕が回想と共に甦《よみがえ》ってきては、新しい季節へと移る中で一連は完結する。

一首一首に折り毎のお蚕への深く優しいお慈しみを込めながら、五首全体で近代の后宮様方がご継承なされ、遡《さかのぼ》っては奈良朝時代の皇后もそれを祈願したご養蚕の、「秋蚕」を物語る連作となってゆく。

歌会始御題　風

葉かげなる天蚕《てんさん》はふかく眠りゐて櫟《くぬぎ》のこずゑ風渡りゆく

平成四年

五月晴れ

この年も蚕飼《こがひ》する日の近づきて桑おほし立つ五月晴《さつきば》れのもと

平成八年

神戸禮二郎紅葉山御養蚕所主任をいたみて

初繭を搔《か》きて手向けむ長き年宮居《みやゐ》の蚕飼《こがひ》君は目守《まも》りし

平成八年

# 祭・仏

東大寺二月堂お水取りを飾る「紙椿」を作る僧。

二月堂お水取り

きさらぎの御《み》堂《だう》の春の言触《ことぶれ》の紙椿《かみつばき》はも僧房《そうばう》に咲く

昭和四十二年

二月四日「春立つ日」を迎える二月堂お水取りの春の言触《ことぶれ》を、僧坊に咲く紅色も鮮やかな「紙椿《かみつばき》」に象徴する御歌。

「二月堂お水取り」は天平十七（七四五）年、聖武天皇が国家鎮護を発願《ほつがん》して建立した華厳《けごん》宗大本山東大寺での修二会《しゆにえ》である。大松明《おおたいまつ》に馳せ参じる僧たちの姿は「春待つ心」ながら、春を迎えに行く荘厳さ。そこに古《いにしえ》より和紙を紅色に染め、その染めた和紙で人人が手作りをしてきた椿が美しく添えられてゆく。

神仏をひとつの超越したものと崇尚してきた日本人にとり、精神のルーツとも言うべき如月《きさらぎ》の春の仏事を、鮮やかな印象を放つ歌詞《うたことば》「紙椿」に日本人の信仰と美を求める心を託して詠まれた、美と魂が融合する一首である。

## 野火

たまゆらを古き世の火の色揺れてをちこちの野辺焼かれてあらむ

昭和四十八年

古代から今も、そしてこれからも永遠に燃え続けてゆく「野火」に、豊饒を願い農耕そのものの伝承を祈る御歌である。

「火」は古来、神性をもって崇められてきて、日本文学に初めて見られるのも伊《い》邪《ざ》那《な》美命《みのみこと》が火の神、火《ひ》之《の》夜《や》芸《ぎ》速男神《はやおのかみ》を出産した神話であった。そして稲作を生活から信仰までの基盤としてきた日本人にとって、「野火」も柿本人麿の詠「明日からは若菜つまむと片岡の朝《あした》の原はけふぞ焼くめる」（『拾遺集』）と、春を迎え豊作を願って続けてきた原始的な農村行事。

山野を貴び土を慈しみ、新しい農作を始める春を慶びながら自然を崇敬してきた日本人の祈りが、「古き世の火」の揺れる美しい炎の色に、深い抒情と共に生きる一首と言える。

歌会始御題　祭

三《み》輪《わ》の里狭《さ》井《ゐ》のわたりに今日もかも花鎮《しづ》めすと祭りてあらむ

昭和五十年

古代の葛城《かつらぎ》王朝から三輪王朝へと続いた日本の原点となる三輪の里、その狭井のあたりに今日も本当にそのようにある平安時代の「花鎮《しづ》めの祭」を詠む御歌。

三輪にそびえる三輪山は本殿を置かずに山そのものを御神体とする古代信仰の神山、その地の狭井も『古事記』以来の水の聖地。そこに今も続く祭が、平安時代に疫病を鎮めるために行疫神《ぎょうやくじん》の大神《おおみわ》と狭井《さい》の二神を祀って宮中で行なわれた行事「鎮花祭」なのである。

現代のように医学も科学も進歩していない平安時代に、「のどかなる春の祭の花鎮《しづ》め風をさまれとなほ祈るらし」（『新拾遺集』）に祈願した日本人の、命の根源からの思いが、一千数百年の時と共に生きる歴史的な神祇の御歌である。

# 甘茶

訪《と》ひて来しみ仏《ほとけ》の国スリランカの人らも今日《けふ》は甘茶《あまちや》注《そそ》がむ

昭和五十六年

仏教もひとつの信仰の対象とする国日本と同じように、訪れて来たみ仏の国スリランカの人人も御釈迦像に甘茶を注ぐ今日の、「灌《かん》仏会《ぶつえ》」を詠む御歌である。

「灌仏会」は日本では『日本書紀』推古天皇十四（六〇六）年四月八日から元興寺《がんごうじ》で、宮中行事としても『続日本後紀』承和七（八四〇）年から清涼殿で行なわれてきた。釈迦の誕生を祝し、竜王が香《こう》水《ずい》を注いだ伝説に拠り、花御堂《はなみどう》の釈迦像に甘茶を注ぎ礼拝する。伝統和歌にも「灌仏の童を見侍て」の詞書《ことばがき》で「唐衣竜《たつ》より落つる水ならで我が袖濡《ぬ》らす物や何なる」（『拾遺集』）と詠まれていた。

同じ宗教を同じく信仰するスリランカの国の人人に共通の信仰の姿を想われる御歌となろう。

手

手のひらに小《ち》さきみ仏あるごとく截《きり》金《がね》細《ざい》工《く》の香《かう》合《がふ》をもつ

文化の日御兼題
平成六年

手のひらに包むように香合を持った時、そこに施された截金細工のあまりの典雅さが神神しく、香合がまるで小さな仏像であるかのような崇高さに在ることを詠まれた御歌である。

「截《きり》金《がね》細《ざい》工《く》」は箔より少し厚い金銀の板を文様の形に切り、蒔絵などの面にはめ込む細工で、本来は平安から鎌倉時代にかけて仏像や仏画を彫り描く日本工芸のひとつであった。その細工の香合に仏を視《み》、王朝以来、仏へ祈る花山院の御製となる「世の中は皆仏なりおしなべていづれの物と分《わ》くぞはかなき」（『千載集』）の釈教歌の伝統を生かして心を深く表わした表現が続く。

截金細工の神秘と美を、本性《ほんせい》であった「仏」への敬虔な境地に神聖に詠みなされた一首と言える。

祭

枠旗《わくばた》の祭の囃子《はやし》きこえ来て御幸《みゆき》の路に猿田彦舞ふ

石川県中島町
平成八年

枠に張られた旗が何本も何本も高くそびえ並び、祭の囃子がにぎやかに聞こえる中をお出ましなさる今上帝の路に舞う「猿田彦《さるたひこ》」を詠む御歌。

「猿田彦」は記紀神話の中で天孫降臨に際して道案内をしたと伝わる神で、容貌が魁偉《かいい》で鼻が高く身長も七尺余と言われた。

今上帝とご一緒に石川県中島町を訪れられ、天孫降臨に案内したと伝わる猿田彦がその地の祭の中で舞い、神話と同じように、御幸なさる今上帝を今、ご案内申す慶賀が溢れると共に、「つねに国民と共に」あられる今上帝・后宮様と地域の人人との華やぎが喜びの中で髣髴とされる一首である。

踊り

# 大君の御幸《みゆき》祝ふと八瀬《やせ》童子《どうじ》踊りくれたり月若き夜に

平成十六年

今上帝の行幸啓をお祝いする若月の夜の「八瀬童子《やせどうじ》」たちの踊りを詠む御賀歌である。

后宮様は公《おおやけ》の今上帝を「君」、公も私《わたくし》も含まれては中古以来の意味を込めて「わが君」のように多く表わされるが、この「大君」は天皇を最も敬称しての古代の表現となる歌詞。それはこの「八瀬童子」の御歌に壬申《じんしん》の乱（天武元（六七二）年）で負傷した天武天皇を、八瀬の里人が癒して以来の朝廷との強い繋がりの歴史を込められたからであろう。今も人人は大礼などで輿《こし》を担ぐ駕輿丁《かよちょう》の役を持つ。

今上陛下の京都行幸啓を慶賀する「八瀬童子」の踊りを、「大君」「御幸《みゆき》」「月若き夜」の伝統的歌詞で、王朝時代の雰囲気をかもし出すように京都御所の中に再現された一首と言える。

出雲大社に詣でて

# 国譲《ゆづ》り祀《まつ》られましし大神の奇《く》しき御《み》業《わざ》を偲びて止まず

平成十五年

『古事記』や『出雲国風土記』で天照大神の命を奉じて国土を献上したと伝わる大国主神が祀られる出雲大社、その日本の歴史発祥となる伝承を持つ出雲の国の大社に詣で、国を譲り祀られあそばされた大国主神の不思議な御業を尽きることなく思っていらした御歌。

雲がたなびき立つ美しい国、出雲、『古事記』にも須佐之男命《すさのおのみこと》が「八雲立つ　出雲八重垣　妻籠《ご》みに　八重垣作る　その八重垣を」と謡《うた》った出雲は、須佐之男命の子とされる主神大国主神が皇室の祖先の邇邇芸命《ににぎのみこと》に国を譲った神話が伝わる神代からの地。

その地の、その神を祀る大社で、皇室の先祖に国譲りを行なった大神の神秘に、皇統を継がれてゆく后宮様がどこまでもご崇敬を思われる御歌である。

正倉院

封じられまた開かれてみ宝の代代《よよ》守られて来《こ》しが嬉しき

平成二十年

遥か古《いにしえ》、日本文化の曙のように絢爛と咲き誇った奈良・天平の文化、そこで生まれた美術・芸術品を収める正倉院が勅封で守られながらまた開かれて、歴史を生きたみ宝が時を継がれて今に守られてきたお慶びを詠む御歌である。

王朝和歌においても伊勢大輔が詠む「古《いにしへ》の奈良の都の八重桜けふ九重ににほひぬるかな」（『詞花集』）と歴史の中で永遠を象徴してきた奈良朝からの美、それは后宮様も「蘭奢待《らんじやたい》ほの香るなか人越しにネールを見たり遠き秋の日」（昭和四十四年）との千三百年もの昔の、中国を経由して日本に伝わったとされる天平の蘭奢待に象徴しても詠まれている。

日本文化の源となるものが生まれ創られた天平のみ宝が今に守られる〈悠久〉が、美しい輝きを放って脈脈とする一首と言える。

歌会始御題　静

み遷《うつ》りの近き宮居に仕ふると瞳《ひとみ》静かに娘《こ》は言ひて発《た》つ

平成二十六年

神宮式年遷宮が近づいている伊勢神宮に、臨時祭主としてお仕えすると言って静かな瞳で発った「吾娘《わこ》」（昭和五十八年）黒田清子様を詠まれた御歌。

天皇家の祖天照大御神《あまてらすおおみかみ》を祀る伊勢神宮では、持統天皇四（六九〇）年の初めから二十年毎に神宮式年遷宮が行なわれ、平成二十五年には清子様が今上帝に代わって祭祀を司った。これは七世紀の天武帝皇女以来、皇女が神宮に仕える斎王《さいおう》制からのもの、平安時代にも賀茂斎院となった後白河法皇皇女の式子内親王がその折りの秀歌「忘れめや葵《あふひ》を草に引き結び仮寝《かりね》の野辺の露の曙」（『新古今集』）を残す。

平安文学に帝が「都の方に赴き給うな」と告げ「別れの御櫛」と綴られた斎王の旅立ちを、静かな「瞳」に象徴した、神の世界へ入りゆく「静」な一首である。

成人の日

いにしへの初冠《うひかうぶり》やいかなりし凛《り》凛《り》しく集《つど》ふ若きらに思ふ

昭和四十九年

祭

あどけなき野辺の祭か幼《をさな》らのお地蔵さまに触れて花播《ま》く

昭和五十年

矢車

鯉のぼり納《をさ》めしのちの夕暮をひとり遊びの矢車《やぐるま》めぐる

昭和五十二年

# 和歌・管絃

原在明筆《年中行事絵巻》「内宴」 天保11（1840）年 陽明文庫蔵

楽

ほのかにも揺れ流れ来る楽《がく》の音《ね》あり歌舞《うたまひ》の人らはげみてあらむ

皇后陛下御誕辰御兼題
昭和四十八年

かすかながら揺れ流れ来る雅楽《ががく》の音の中で、歌舞《うたまい》に携わる人人を想う御歌である。

「楽」は「雅正の『楽』」からの「雅楽」で、音楽だけのものを管絃、舞もあるものを舞楽と言い、平安朝に宮廷音楽として栄えたもの、現在はユネスコ無形文化遺産となっている。平安時代にはその一切を司る「雅楽寮《うたまいのつかさ》」が律令制のもとに置かれ、「歌舞」とはその役所を指した。

〈和歌・管絃〉として平安王朝以来、日本文化の典型を成してきた管絃の音色が、遠くから大らかな起伏を持って流れ来ては歌舞人へお心もはせる、悠久の時から宇宙空間までの雅楽の音を「揺れ流れ来る楽《がく》の音《ね》」に象徴した御歌と言える。

氷

悠《ゆ》紀《き》主《す》基《き》の屏《びやう》風《ぶ》に描く田沢湖は冬も凍《い》てざる青き色見ゆ

平成二年

今上帝の大嘗祭《おおなめのまつり》《だいじようさい》後の饗宴のために創られた屏風に描かれる悠紀主基地方の、悠紀の地となった不凍湖田沢湖の、瑠璃《るり》色の神秘な美を詠む御歌。

農耕を経済・文化から信仰の根幹としてきた日本では、秋の豊饒を神に感謝して、古来新嘗祭《にいなめのまつり》《しんじようさい》が、新帝即位の年には大嘗祭が最も大切な祭祀として行なわれてきた。その祭ではそして悠紀・主基の二国から新穀が奉られ、「悠紀主基の歌」を奏上すると共に、倭絵《やまとえ》屏風に描かれた絵に和歌を詠む屏風歌が『古今集』時代からの伝統となっている。

この御歌は、今上陛下の一代一度の大嘗祭に、悠紀主基国の悠紀国となった田沢湖の湖水と青色との永遠に、〈千代を寿ぐ御慶賀〉を象徴した、まさしく后宮様ならではの宮廷和歌となる永遠の一首なのである。

［上］《悠紀地方風俗歌屏風》東山魁夷　春　角館のしだれ桜　夏　男鹿半島の海岸
［下］《悠紀地方風俗歌屏風》東山魁夷　秋　抱返り渓谷の紅葉　冬　田沢湖とその周辺
宮内庁蔵

歌会始御題　紙

まがなしく日を照《て》りかへす点字紙の文字打たれつつ影をなしゆく

昭和三十九年

風鈴

南部鉄もちて作れる風鈴《ふうりん》に啄木《たくぼく》の歌書かれてありぬ

昭和四十八年

紙

樺《かば》の木の色香《いろか》をこめて手に漉《す》きし吉野の紙を手にとりて愛《め》づ

文化の日御兼題
昭和五十九年

紙

書陵部の職員ら古き琵琶譜を示し、
その復元に励みゐるを語りくれれば

琵琶の譜《ふ》のかかれし紙のさながらに復元されむ日をし待たるる

文化の日御兼題
平成二年

植樹祭

父祖《ふそ》の地と君がのらしし京の地にしだれ桜の幼木《をさなぎ》を植う

平成三年

第三章

# つねに国民と共に

# あまた国びと

須賀川の牡丹。

牡丹

皇居奉仕の人らの言ひし須賀川《すかがは》の園《その》の牡丹を夜半《よは》に想へる

天皇陛下御誕辰御兼題
昭和五十七年

皇居奉仕の人人が語った（福島県）須賀川市の牡丹園の「牡丹」を想う御歌。

「牡丹」は花が大きく華麗で、原産国中国ではその気高さゆえに「花王」とされる花、千余年前に渡来してからは漢詩と共に平安人たちにも好まれ、王朝和歌では「人知れず思ふ心は深見草花咲きてこそ色に出でけれ」（『千載集』）と、その多彩な色が愛でられた。

皇居と赤坂御用地で庭園作業などを行なう皇居勤労奉仕の人人が話した、これもまた平安朝において日本の信仰・文化・経済を誇った陸奥国に入る奥州街道の入口にある須賀川の牡丹の美しさに印象をお強くし、夜想にその花の面影を辿る情趣の広がる御歌である。

暦

この年も暮近づきてくさぐさの暦《こよみ》送られ来たる楽しさ

昭和五十九年

暮が近づいてきた今年の冬も、来年のさまざまな暦が送られてくる楽しさを詠む御歌である。

「暦」は本来に季節を知り日を記述することで、干支は四千年もの昔に中国で生まれていたが、日本では推古十二（六〇四）年に初の暦が作られたと伝わり、それは季節にかかわらない陰暦の月の満ち欠けによるものであった。立春を初春とする日本で初めての勅撰『古今集』は、この日本のオリジナルの暦に沿った年内立春を詠む「年の内に春は来にけりひととせを去年《こぞ》とや言はむ今年とや言はむ」を冒頭歌として、以後の勅撰集と暦日《れきじつ》との規範を創ってゆく。

太陽暦の現代は早くに多彩なデザインのカレンダーが見えて新年への夢が広がる暮の季《とき》、后宮様のそのようなお思いを抱かれる「暦」の「楽しさ」を想わせていただける御歌となろう。

合唱

再会の人らに待たれ入《い》りゆけばフィンランディアホールに合唱の湧く

文化の日御兼題
昭和六十一年

今日、再び会う約束の人人に待たれて入ってゆかれては、会場に湧き出でたフィンランディアホールの歓喜の合唱を詠む御歌である。「フィンランディアホール」はフィンランドのヘルシンキにある一九七一（昭和四十六）年竣工の外壁の白大理石も眩しいコンサートホール。后宮様はこの国の作曲家でピアニストのハンニカイネン氏が創った曲「アンニの歌」の日本語訳詩をつけられていらして、かの国とのお繫がりは深くていらっしゃる。

「アンニの歌」の日本語訳詩をお創りになられた后宮様を迎えるその国の人人の、「再会」の瞬間に会場一杯に湧き出で、溢れ出でた歓迎の喜びが満ちて、まるで空まで昇華してゆくような御歌と言えよう。

筆

聖上の御病《おんやまひ》お重く

記帳台に筆とる人の列長く秋雨《あきさめ》の中今日も続けり

文化の日御兼題
昭和六十三年

昭和天皇の御病がお重くおいであそばされる頃、冷たい秋雨の中で来る日も来る日も長い列をなす記帳台への人人を詠む御歌である。「筆」は古来、書斎であった「文房」の一室に常備する「筆・硯《すずり》・墨・紙」のひとつで、平安末期の式子内親王も「筆の跡に過ぎにしことをとどめずは知らぬ昔にいかで逢はまし」(『続後撰集』)と残すもの。そして「秋の雨」も『万葉集』「秋の雨に濡れつつ居《を》ればいやしけど吾妹《わぎも》が宿し思ほゆるかも」以来、もの寒い夕暮を抒情とした歌詞であった。

日本全体に御快癒を願う心が広がり深まる中、折りしも冷たく寂寥感を漂わせる「秋雨」が続く今日も人人が列に並ぶさまと、天子を崇称する「聖上《せいじょう》」に昭和天皇へのお思いを託された御歌であろう。

## 夕立

# いにしへの夕立の跡《あと》残せりと阿《あ》波《は》のしじらの話聞きゐつ

阿波しじら織
平成二年

古《いにしえ》の夕立の跡を残したいと、その跡を残す阿波しじら織の機織りをする人の話を聞いていたことを詠む御歌である。

「夕立」は古く『万葉集』でも夏の午後の局地性の雨「暮立《ゆふだち》」として詠まれ、西行法師も「よられつる野もせの草の陰《かげ》ろひて涼しく曇る夕立の空」（『新古今集』）と残す。その風情を織る「阿波しじら織」は、縦糸の張り方を不均衡にしたり太さや織り方の違う組織をまぜて、表面にしぼを表わした織物。

日本の織物の中でもめずらしく貴重な、そして日常に親しみある「阿波しじら織」、それについての織り手の話を聞きながら「ゐつ（居た）」お姿に、日本伝統工芸を慈まれ保存継承なされるお心が想われる御歌となろう。

## 虹

喜びは分かつべくあらむ人びとの虹いま空にありと言ひつつ

平成七年

「虹いま空にあり」と言いながら、今、共にいる人人と喜びを分け合うように、「喜び」は必ず皆で分け合うべきと提唱する御歌である。

美智子様の御歌は東宮妃殿下から后宮様におなりあそばされて大きく歌風を変えてゆかれる。その新風こそはこの御歌のように、理想や夢を初句・二句に明確に提示してゆく方法なのである。この御歌で掲《かか》げられる「喜びは分かつべくあらむ」は悲しみばかりでなくどのような事も「つねに国民と共に」ある后宮様の理想そのもの、その理想のもとで、古来「時雨《しぐれ》つつ虹立つ空や岩橋を渡し果てたる葛城の山」（『夫木《ふぼく》抄』）と、神性をもって崇められてきた「虹」が象徴する美しく尊い世界に、共に飛翔してゆけるような一首となろう。

## 豊年

この年の作《さく》況《きやう》指《し》数《すう》百越ゆと献《けん》穀《こく》の人ら明るく告ぐる

天皇陛下御誕辰御兼題
平成七年

　この年の豊作と、それを献穀の人人と共に慶び、国民の平穏と国家の安寧とを安堵なさる「つねに国民と共に」あっての御歌。

『万葉集』第二首目の国を望む天皇の御製「……国見をすれば　国原は　煙《けぶり》立ちたつ　海原《うなはら》は　かまめたちたつ　うまし国ぞ　蜻嶋《あきづしま》　八間跡《やまと》の国は」に謳われるとおり、五穀豊穣による民の生活の安定は、帝・后方の祈願であって、平安時代にもその喜びを詠む左京大夫顕輔の和歌「板倉の山田に積める稲を見て治まれる世の程を知るかな」（『詞花集』）が残る。

　多くの災害、大きな震災の度毎に常に国民とひとつにあられる后宮様の、この御歌は豊饒を共に慶賀する日本人に大切な一首である。

万葉集以来、歌枕として親しまれてきた「淡海の湖」琵琶湖。

歌

この広き淡海《あふみ》の湖《うみ》のほとりにて歌思ひけむあまた国《くに》びと

平成七年

この広い淡海の湖のほとりで歌を思ったであろう古《いにしえ》から今までの、歴史に生きた日本の「あまた国びと」への果てしない想いの御歌。「淡海《あふみ》」は淡水湖を意味する「淡海《あはうみ》」に由来して「あふみ」となった「近つ淡海」、つまり「近江」を指す琵琶湖の古称である。歌枕として『万葉集』以来、多くの和歌に詠まれ、『古今集』神遊びの歌から『栄花物語』など、そして『新古今集』でも大嘗祭《おおなめのまつり》《だいじょうさい》での賀歌「神世よりけふのためとや八《や》束穂《つかほ》に長田の稲《いね》のしなひ初めけむ」で神聖化されてきた地であった。

日本発祥の地のひとつ、近江の海での国偲び、民への想いが「淡《あ》海《ふみ》の湖《うみ》」から「あまた国びと」へと歴史的感慨を広げてゆく后宮様ならではの、国と民への深いお心の御歌と言える。

「天皇陛下御即位20年をお祝いする国民祭典」に集まった人たちに、提灯を振って
お応えになる天皇皇后両陛下。皇居・二重橋で。平成21年11月12日

歌会始御題　幸

幸《さき》くませ真幸《まさき》くませと人びとの声渡りゆく御幸《みゆき》の町に

平成十六年

今上帝がお出ましの町に、今、御病からの御快癒を祝す「幸《さき》くませ」「真幸《まさき》くませ」との声が溢れてやまない御慶を詠まれた御歌。

平成十五年に今上帝は大きな御手術を受けられながらもお元気になられ、后宮様とごいっしょに北海道から奄美大島まで全国にお旅をなされた。「つねに国民と共に」あられる今上帝へ、今度は千代を祈願する人びとからの祝意が続いてやむことはない。

いつも今上帝のお傍らに添うていらっしゃる后宮様が、その国民たちの喜びを、古代から天皇を敬ってきた歌詞《うたことば》「幸《さき》く」「真幸《まさき》く」「御幸《みゆき》」に表わしてたたみかけるように謳い上げた晴《はれ》の御歌である。

歌会始御題　町

ひと時の幸《さち》分かつがに人びとの佇《たたず》むゆふべ町に花降る

平成十五年

わずかなひと時であろうとも、共に「幸」を分け合うように、人々が佇《たたず》む夕暮方のほのやかな光の町に、まるで「幸」が降って来るような「花」が「降る」典雅な景を詠む御歌である。

花も散りゆく晩春の宵の頃、視界も仄かになってきた中に花びらが「降る」表現には、本来に「散る」と詠む詞をそのように続けて、散る花びらを惜しむ心よりもまるで天からの恵みがもたらされる嬉しみが生きている。

いつもどのような時も、もちろん悲しみも苦悩も国民と共にあられる后宮様の、そういう中でしかし稀に、「喜びは分かつべくあらむ人びとの虹いま空にありと言ひつつ」（平成七年）に繫がる、ひと時の「幸」も共に分かち合い嬉しむ思いの「花降る」優美な「幸」への御歌と言える。

若人との集ひの後に

若きまみ澄ませ一生《ひとよ》の業《わざ》となす角膜移植を君は語りし

昭和四十六年

歌会始御題　山

高原《たかはら》の花みだれ咲く山道に人ら親しも呼びかはしつつ

昭和四十七年

童話

養護施設訪問

みづからもいまだ幼き面輪《おもわ》にて童話語りつつ子ら看《み》とる人

文化の日御兼題
昭和四十七年

千葉県全国身体障害者スポーツ大会開会式

朝風に向かひて走る身障の身は高らかに炬火《きよくわ》をかざして

昭和四十八年

歌会始御題　坂

いたみつつなほ優しくも人ら住むゆうな咲く島の坂のぼりゆく

昭和五十年沖縄愛楽園御訪問
昭和五十一年

消息

美しき声に語れり盲《めし》ひつつ琴ひく人のテープの便り

昭和五十一年

煙

若人《わかうど》の馳《は》せ爽《さは》やかにモントリオールの聖火の煙あとに靡《なび》けり

昭和五十一年

早蕨

ラーゲルに帰国のしらせ待つ春の早蕨《さわらび》は羊歯《しだ》になりて過ぎしと

長き抑留生活にふれし歌集を読みて
昭和五十三年

ヨット

待ちゐし風立ちそめしらむ若きらのあやつるヨットにはかに速し

昭和五十三年

雪がこひ

かの日訪《と》ひし秋田の里の老《おい》の家たつきいかならむ雪がこひのうち

昭和五十三年

鍋

この年もかく暮れゆくか街道に救世軍の慈《じ》善《ぜん》鍋《なべ》見ゆ

昭和五十四年

羽子板市

行くことの難《かた》くしあれど人びとの語らひ楽し羽子板の市《いち》

昭和五十六年

歌会始御題　島

四《し》方《はう》位《ゐ》を波に読みつつ漕《こ》ぎて来《こ》しヤップの島の人忘られず

昭和五十八年

吹雪

ひとすぢに山愛《め》でし人永《と》遠《は》に眠るネパールの山今日も吹《ふ》雪《ぶ》くか

昭和五十八年

表彰

表彰状受くるその手は年月《としつき》を山やまの緑はぐくみて来し

文化の日御兼題
昭和五十八年

合歓の花

薩摩《さつま》なる喜入《きいれ》の坂を登り来て合歓《ねむ》の花見し夏の日想ふ

昭和五十九年

医師

僻地医療につきて語れる医師と居《を》りキリタップ湿原霧深きなか

昭和六十二年

冬季五輪

カルガリーの名の親しもよ氷上に晴れやかに君ら競《きそ》ひ滑りし

昭和六十三年

鯉のぼり

かの家に幼子《をさなご》ありて健やかに育ちてあらむ鯉のぼり見ゆ

平成三年

山登り

夏山の稜線《りようせん》登る人の群《むれ》ここより見えて寂しかりけり

平成三年

窓

車窓より時のま見えし沿線に園児ら高く手を振りてゐし

平成四年

過疎地

高齢化の進む町にて学童の数すくなきが鼓笛《こてき》を鳴らす

植樹祭会場兵庫県村岡町
平成六年

青年

難民の日日を生き来し青年は医師として立つ業《わざ》を終へたり

平成六年

国民体育大会

コスモスの咲きゐる道を通り来し炬火《きよくわ》ならむいま会場に入《い》る

福島県
平成七年

歌会始御題　道

移民きみら辿りきたりし遠き道にイペーの花はいくたび咲きし

平成十年

サッカー・ワールド・カップ

ゴール守《まも》るただ一人なる任《にん》にして青年は目を見開きて立つ

平成十年

歌会始御題　青

雪原《せつげん》にはた氷上にきはまりし青年の力愛《かな》しかりけり

平成十一年

南静園に入所者を訪ふ

時じくのゆうなの蕾活《い》けられて南静園の昼の穏《おだ》しさ

平成十六年

幼児生還

天狼《てんらう》の眼も守りしか土《つち》なかに生きゆくりなく幼児《をさなご》還《かへ》る

平成十六年

歌会始御題　笑み

笑み交《か》はしやがて涙のわきいづる復興なりし街を行きつつ

平成十八年

滋賀県　豊かな海づくり大会

手渡しし葭《よし》の苗束若人《わかうど》の腕に抱《いだ》かれ湖《うみ》渡りゆく

平成十九年

# 旅

熱帯の花、ブーゲンビリア。

旅

若き日の旅遠く来ぬ熱帯の海青ひかりブーゲンビリア咲く

アデン
昭和三十六年

若い日、遠くに旅をした、その地の熱帯の青い海の光と、その地に咲く熱帯地方特有の彩色のブーゲンビリアの花を詠む御歌。

「旅」は『古今集』以来、全二十巻の内に「羇旅歌《きりよ》」として一巻に編まれるほどに和歌の伝統となってきたテーマで、そこでは日常を移動した非日常から「人生」そのもの、また歴史の深化につれて、「魂」をまで表象した人間にとって本質となる和歌が生まれた。

この題によって日本から遥か遠い異国への旅が示され、日本とは異質の光に輝やく日本では見られない海の青さ、日本の気候では咲くことのない花「ブーゲンビリア」に旅情を映した御歌である。

石榴

カルタゴの遺跡出土《しゅつど》の女神像種子《たね》あまたなるざくろを捧ぐ

昭和四十七年

紀元前九世紀もの歴史に存在した都市国家カルタゴ、その遺跡から出土された女神像に、これもカルタゴ繁栄期から美しい色を見せていたざくろ、女神がお慶びの、そのざくろを捧げた御歌である。紀元前に何百年にもわたって華やかさを誇ったフェニキア人の、地中海岸に建設された国カルタゴ、しかし時の流れと共にポエニ戦争でローマに敗れては、今となってチュニジアの首都チュニスに遺跡を残すばかり。

悠久の歴史の中で人間が繰り返す事の無常、形あるものも生あるものもいつかは必ず消滅してゆくが、果てしない無常観の中で「女神像」を崇め、女神を永遠とするざくろに普遍な信仰の心を想いゆく一首となろう。

# 港

いづ方《かた》の港に入《い》りし船ならむ霧《む》笛《てき》響き来《く》朝餉《あさげ》の室《しつ》に

昭和五十年

お朝食を召されていた時に響いてきた遠くからの霧笛、その音から見えない船を想像し、船が入っていった港を想う御歌。

「港」は古く「水門《みなと》」、すなわち「水の門」を表わし、日本文学で初めて見出せる斎明天皇四（六五八）年での、紀伊国牟婁《むろ》に行幸した折り、八歳で無常となった皇孫建王《たけるのみこ》を悲しみ、田辺湾で天皇が謡った「水門《みなと》の　潮《うしほ》のくだり　海《うな》くだり　後《うしろ》も暗《くれ》に　置《お》きてか行《ゆ》かむ」（『日本書紀』）から、二つの世界を分ける聖なる場を表象してきた。

清清《すがすが》しい朝の、新鮮なお食事の中に届いてきたゆったりと太く流れる音から、のびやかに穏やかな海へ想いをはせ、現代では古《いにしえ》と異なり、いくつもの世界を結びゆく「港」を想像する御歌である。

## 鰤

鰤《ぶり》起《おこ》し北陸の空とよもして沖に出でゆく船人らならむ

昭和五十一年

北陸地方で寒鰤漁の最盛期に轟《とどろ》く「鰤起《ぶりおこ》し」、その響きと共に沖に出てゆく船人たちを詠む御歌。
「鰤起し」とは北陸で寒鰤漁の最盛期となる十二月から一月頃の雷鳴で、特に日本海側のその地方ではこの雷が鳴ると豊漁があると伝わるもの。冬の雷の一種で日本海側に多く起こり、雪国での降雪の前に鳴る雷に「雪起し」との詞もあるほど土地に根付いた詞と言える。

この歌詞を初句に独立句として表現し、冬空に大音響を起こす冬雷の音がイメージの中で喚起されると同時に、出世魚「鰤」の大漁となる言い伝えを受けて一斉に船出をする漁師たちの、大海へ拡散してゆく映像が大きな動きとなる一首である。

旅

み伴《とも》せる旅路の車窓明《あか》るみて「花一杯」の町を過ぎゆく

秋田県雄和町《ゆうわまち》
昭和六十年

今上帝のお伴をなさってゆかれる旅路の車窓が明るくなって、そのみ車が進まれる町の「花一杯」の景を詠む御歌。

今上帝がまだ東宮殿下でいらした頃、ごいっしょに秋田県雄和町にお旅をなされた。すると、そこは、町中に花が溢れ、他の情景とは異なる明るい華やかな景色が広がり、陽光までも一層輝いて花を映し出していた。秋田市が行なっていた「花いっぱい運動」であった。

その取り組みをそのままに「『花一杯』」と歌詞にし、日本のある地方が行なっている運動とひとつになって『花一杯』の町」をお喜び、お楽しみ、お進みなされてゆかれる「旅」の御歌である。

トゥールーズ

トゥールーズに我ら迎ふると人びとの朝日に向かひ手をかざし立つ

フランス
平成六年

わたくしたちを迎えようと、トゥールーズで手をかざし立つ朝日に向かう人人を詠む御歌である。

「トゥールーズ」はフランス南部オート・ガロンヌ県の県都で、十三世紀からのトゥールーズ大学はかの国最古の大学のひとつとなった。ところで美智子様の御歌は平成に入ってから新しい歌詞によるそれまでにない歌風へと変質してゆくが、この御歌も元年の「われらこの秋を記憶せむ朝の日にブランデンブルグ門明《あか》るかりしを」と共通する地球全体に存在する人類へ繋がってゆく歌詞による表現。

この地球に生きる人間への広がりを想像させる歌詞で、今上帝と后宮様をお迎えして朝に美しく、希望や夢を照らす朝日に皆で向かってゆく姿が想われる御歌であろう。

餅

丹後人《たんごびと》搗《つ》きてくれたる栃餅《とちもち》を君がかたへに食《は》みし旅の日

平成七年

丹後へ赴かれた后宮様が、今上帝の「かたへ」で土地の人人の手作りの、土地の名産「栃」の「栃餅」を食された日を詠む御歌である。

「かたへ」は片側を指す「片へ」で、后宮様は「癒えましし君が片へに若菜つむ幸おほけなく春を迎ふる」（平成十五年）のとおり、今上帝のお傍らにあってのとりわけのお慶びやお嬉しみにこの歌詞を表わされる。

「由良《ゆら》の門《と》を渡る舟人かぢを絶えゆくへも知らぬ恋の道かも」（『新古今集』）のように王朝以来歌枕の地として名高い「丹後」での、今上帝とお二人で土地の人人とごいっしょに和まれていらっしゃる笑《えみ》が漂って参る御歌であろう。

奄美の旅

登校道《とかうみち》の長手《ながて》まぎらはし子らの食《は》むアマシバの葉の稚《わか》き甘酸《あまず》さ

昭和四十三年

鳥取県に砂丘研究所を訪ふ

砂丘はも生けるが如く動きしと若き学徒は遠き目に云ふ

昭和四十四年

島

いつの日か訪《と》ひませといふ島の子らの文《ふみ》はニライの海を越え来し

昭和四十六年

アフガニスタンの旅

バーミアンの月ほのあかく石仏《せきぶつ》は御《み》貌削《かほそ》がれて立ち給ひけり

昭和四十六年

峠

峠《たうげ》にてかの日見さけし浅間嶺《ね》の冴えきはまりし稜線を思ふ

昭和五十年

ユーゴスラビアの旅

み使ひの旅のみ伴《とも》と今日《けふ》は訪《と》ふ黄なる花さかるアドリアの岸

昭和五十一年

湖

湖《うみ》の辺《べ》の養鰻場《ようまんぢやう》を朝《あした》訪《と》ふよしきりの鳴く芦原《あしはら》を来て

昭和五十三年

鰯雲

訪《と》ひて来し村はコスモスの咲き盛《さか》り真昼の空に鰯雲《いわしぐも》浮く

昭和五十九年

旅

旅し来し英国《アルビオン》の春浅くして花はつかなり学都の土に

昭和六十年

うみ風《かぜ》を求め旅行く若きらを帆船《はんせん》は待つ月の港に

練習船新日本丸完成
昭和六十年

歌会始御題　水

砂州《さす》越えてオホーツクの海望みたり佐呂間《サロマ》の水に稚魚《ちぎよ》を放ちて

昭和六十一年

須崎御用邸

訪《たづ》ねては親しみゆかむこの町の小径《こみち》のかなた伊豆の海見ゆ

平成三年

魚

バーミアンの流れに釣れる魚《うを》の名を乳魚《シルモイ》とききつ旅にありし日

平成四年

高原

高原のから松立てるかの小道思ひ出《い》でをり三年《みとせ》訪はざる

平成四年

川

ワディといふ水なき川も見つつゆきしかの三月のリヤドを思ふ

平成五年

村

今一度訪《と》ひたしと思ふこの村に辣韮《らつきよう》の花咲き盛《さか》るころ

鳥取県福部村
平成六年

訪米中ひと日コロラドを訪ふ

けだものも木かげにひそまむロッキーの山にはげしく雹《ひよう》降り来《きた》る

平成六年

リンネ生誕三百周年

自《みづか》らも学究《がくきう》にまして来給へりリンネを祝ふウプサラの地に

平成十九年

歌会始御題　火

灯火《ひ》を振れば彼方の明かり共に揺れ旅行《ゆ》くひと日夜《よる》に入りゆく

平成二十年

カナダ訪問

始まらむ旅思ひつつ地を踏めばハリントン・レイクに大き虹立つ

平成二十一年

旅先にて

工場の門《かど》の柱も対《つい》をなすシーサーを置きてここは沖縄《ウチナー》

平成二十四年

# 第四章

# 吾子

# 吾子

美智子さまにあやされて大喜びの６カ月の浩宮さま。昭和35年8月1日

# みづからの
# 吾命《あぎのち》を分け持つものと思ひ来し胎児みづからの摂取とふこと

昭和三十五年

わたくしの命を分け持つものと思ってきたわが胎児、が、ある瞬間、その胎児は母であるわたくしから自分の力で命を摂取していることを知った、胎児「みづからの」生命力を詠む御歌。

平安朝以来、和語化した漢字表記の詞《ことば》が主となっている題詠の和歌では、「みずからの」から「何何」を暗示するような形の題は稀であって、この表現自体が御歌のテーマを象徴する。そこで象徴されるテーマが「胎児」自身の生命力、国生みを記す『古事記』も木《この》花之佐久夜毘売《はなのさくやびめ》が高天原《たかまがはら》から降った邇邇芸命《ににぎのみこと》と一夜で「妾《あ》は妊身《はら》める」となった神神の聖婚と受胎から始まってゆく。

今上帝と后宮様の第一皇子浩宮徳仁親王殿下のお命が結ばれ、今、后宮様の御胎内から歴史が始まってゆく貴重な一首である。

浩宮誕生

含《ふふ》む乳《ち》の真白《ましろ》きにごり溢れいづ子の紅《くれなゐ》の唇生きて

あづかれる宝にも似てあるときは吾子《わこ》ながらかひな畏《おそ》れつつ抱《いだ》く

昭和三十五年

昭和三十五年二月二十三日に御誕生なされた今上帝と后宮様の第一皇子、浩宮徳仁親王殿下を詠まれた二首である。

初めの御歌が口に含む真白いお乳が溢れ出るにつれて、お乳を吸う親王様の唇にもみるみる満ちてくる生命感を「紅《くれなゐ》の唇」に謳い上げた、母となられての后宮様の愛情溢れる一首。比べて次の御歌は、

「吾子《わこ》（我が子）」であるのにもかかわらず、第一皇子である宮様は天からの預かりもの、宝と思ってある時は畏れながら腕全体で大切に大切に親王様を抱かれる公《おおやけ》の御心が詠まれている。

后宮様は御胎に宿られた時に「胎児」の宮様を詠まれてから折り毎に浩宮様を詠み続けられてゆき、御誕生初めの御歌の「子」は二首目に「吾子《わこ》」となり、以後この歌詞《うたことば》で多く第一親王様の記録となる御歌が続く。そして昭和五十五年「加冠の儀」に至り、公にも公に謳い上げる御長歌の最後、頂点に達した感動は「吾子《わこ》　はや」として后宮様の、母后様《ははきさい》となされての万感の思いを表象してゆくことになる。

さて日本文学で親王誕生の和歌と言えば寛弘五（一〇〇八）年、一条天皇と中宮彰子《しょうし》との間の第二皇子敦成《あつひら》親王（後一条天皇）誕生時に紫式部が詠む「めづらしき光さしそふさかづきは望《もち》ながらこそ千代も巡《めぐ》らめ」。『紫式部日記』に記されてから『栄花物語』へ、そうして勅撰『後拾遺集』にも入集《にっしゅう》されてさまざまに寿がれる慶賀が表わされてゆく。まさしく天皇文化が最も華やかなりし一条朝時代の典雅な文化、それを創った宮廷の多才な女性文化人たち、意を尽くした全ての表現方法の多様な文学作品の完成度の象徴と言えよう。

二首は、『万葉集』にも記される至極の大聖にあっても、一般人と同じく子を愛する〈親の情の普遍性〉が深く生きる御歌となる。

# 若

若菜つみし香にそむわが手さし伸べぬ空にあぎとひ吾子《わこ》はすこやか

昭和三十六年

若菜摘みの香りに染まるわたくしの手をさし伸べた、その中で空に向かって片言で言葉を発する「吾子《わこ》」の「すこやか」さを喜ぶ御歌。

「若菜摘《わかなつみ》」は正月七日や初子《はつね》の日に若菜を摘み、健康と長寿を祈った平安朝宮廷で最も典雅とされた、人間にとって根源となる行事。その、優美で命を願う若菜摘を行なっては香りが移る后宮様の御手《みて》で第一皇子様を抱き上げられ、命を育くむ空に親王様の〈すこやか〉を祈る。

王朝からの雅と祈願を余情としながら、片言で言葉を言えるようになられた一歳頃の浩宮様を、邪気を祓う香りに包みながら、清清《すがすが》しい空のもとでお慶ばれた一首である。

花畑で花を摘む美智子さま。昭和39年3月22日

紀宮誕生

そのあした白樺の若芽黄緑の透《す》くがに思ひ見つめてありき
部屋ぬちに夕べの光およぴ来ぬ花びらのごと吾子《わこ》は眠りて

昭和四十四年

昭和四十四年四月十八日、今上帝と后宮様の第一内親王、紀宮清子内親王殿下がお生まれになった折りの三首連作の中の二首である。内親王様がお生まれになられたその特別の日の次の「朝《あした》」、「白樺の若芽」の「黄緑」の透《す》いているような美しい色を見つめて在った后宮様ご自身を詠まれた一首から連作は始まる。

「白樺」は入内《じゆだい》なされた時からの美智子様の〈お印〉で、そのお印に明示される「若芽」には后宮様から生を受けられた内親王様が、そして「黄緑」には内親王様の美しさが象徴されている。そのように表現しながら下句「透《す》くがに思ひ見つめてありき」に至り、いつまでもいつまでもお生まれになられたばかりの内親王様を見つめていらした后宮様ご自身が客観的に詠まれながら、御母后様となされての思いが長く余情となって流れている。

そして連作は二首目に、病院にいらした二人の兄宮様の御子様方らしいお喜びの御歌「母住めば病院も家と思ふらし『いってまゐります』と子ら帰りゆく」が描かれ、三首目へと続いてゆく。

すると、内親王様がいらっしゃる部屋はもうすでに夕暮方になっていて、今度は眠っている「吾子《わこ》」は「花びら」のように可憐に、そうして花色に透《す》く吾子の眠る部屋は夕べの淡い光が長く穏やかな空間になっている。春の長い日の夕暮の光に透《す》く花こそは、凡河内《おおしこうち》躬恒《のみつね》の名歌に詠まれた「暮れてまた明日《あす》とだになき春の日を花の陰にて今日《けふ》はくらさむ」（『後撰集』）と、暮れ行く春への惜春も余情と重ねて最も王朝人に愛でられてきた華麗さ。

第一皇子浩宮様の生命感溢れる天からの宝への御慶賀とは異なる、内親王紀宮様ご誕生のロマンティシィズム溢れる甘美な「朝《あした》」は、花色の中で「夕べ」へと暮れてゆく。

## 高原

窓を開き高原《かうげん》の木木は光るといふ幼《をさな》の頬のうぶ毛のひかり

昭和四十六年

〈窓〉を開いてその窓から見える高原の木木が光ると言う幼子の、頬のうぶ毛に射す「ひかり」を詠む御歌である。

「窓」は后宮様にはとりわけに大切な歌詞、ここでは高原の光る美しさへ誘《いざな》う接点、そこから射す希望の光で愛する幼子のうぶ毛に輝きを入れる枠、それは幼子の光るうぶ毛からイメージされる天使の聖なる世界へ連れてゆくような入口とも連想されてくる。

后宮様は「フェアリー・リング（妖精の輪）」と言う歌詞で幼ない日の紀宮様を回想（平成三年）されていらして、その御歌と関連すると、この御歌はまるで天使のような清なるきらめきにまぶしい内親王様が髣髴とされる印象の御歌と言えよう。

42歳の誕生日を前に、紀宮さまとくつろぐ美智子さま。昭和51年10月

歌会始御題　桜

風ふけば幼《をさな》き吾子《わこ》を玉ゆらに明《あか》るくへだつ桜ふぶきは

昭和五十五年

風が吹いて空間全体に花色の桜吹雪が舞い、視界が遮られる透明な景が広がってゆく、その向こうにほのやかに透《す》く桜色のベールに包まれたように視《み》える幼ない「吾子《わこ》」を詠む御歌である。

「桜ふぶき」は咲き誇っていた桜の花が風に吹かれて散り乱れ、空全体に吹雪のように見える景色で、紀貫之の秀歌「桜花散りぬる風のなごりには水なき空に波ぞ立ちける」（『古今集』）と、王朝人に最も愛でられた桜の美景のひとつであった。

王朝のひとつの典雅となる桜吹雪の透明な中に、まるで宮廷物語の姫君のごとく視《み》える内親王様とイメージされる御歌は、やはり透明な中に后宮様が物語の主人公のようにいらっしゃる御歌「彼方なる浅き緑の揺らぎ見ゆ我もあらむか陽炎《かげろふ》の中」（平成七年）と共通する美的情緒の世界であろう。

# 夜長

長き夜《よ》の学び進むは楽しとぞ宣《の》りし子の言葉抱《いだ》きて寝《い》ぬる

昭和五十五年

「長き夜の学び進むは楽し」とおっしゃられた「子」の、心身から知の成長に嬉しさを深くした言葉、今は抱いて寝ることはなくなったその子の、その言葉を抱いて寝たことを詠む御歌である。「夜長」は白楽天の漢詩「八月九月正に長き夜　千声万声了《や》む時なし」（「擣衣《とうい》」）以来、特に秋分を過ぎた長い夜に秋愁を重ねた歌詞で、このような夜に書に向かうことは「教へおくその言の葉をしるべにてよもの草木の心をぞ分く」（『続後撰集』）に詠まれる伝統にもつながる日本の修学の方法であった。

暑くなく寒くなく、月明りも美しく虫の音も風情深い夜長の学びへの喜びに励む東宮様と解される御方への敬愛を、帝や東宮への敬意を表わす歌詞「宣《の》りし」、そして「言葉抱《いだ》きて寝《い》ぬる」に込められた一首と言えよう。

## 木枯

この月は吾子《わこ》の生《あ》れ月夜《づきよ》もすがら聞きし木枯《こがらし》の音《おと》を忘れず

昭和五十七年

木枯が吹くこの月二月は第一皇子「吾子《わこ》」の生まれ月、徳仁親王様をお生みなされたその月の、決して忘れることはない夜通し吹いていた木枯の音を詠む御歌となる。

「木枯《こがらし》」は初冬に木を吹き枯らすまでに吹く強い風「凩《こがらし》」で、しかし蕭条とした冬枯れの景に吹く縹渺《ひょうびょう》とした風も時代の深化と共に風情を感じられて、具平親王の名歌「木枯《こがらし》の音に時雨《しぐれ》を聞き分かで紅葉に濡《ぬ》るる袂とぞ見る」(『新古今集』)のように多くの王朝和歌で詠まれてきた。

国民が国をあげて御祝福申し上げた御慶賀のもとに、后宮様が一晩中聞いていらした木枯の音があったことも知られる、余情深くも、第一親王殿下御誕生の歴史となる貴重な一首である。

## 蜩

かかる宵《よひ》われは好むといふ吾娘《わこ》のまみ優しみて蜩《ひぐらし》をきく

昭和五十八年

夕暮時、徐徐に視界が闇になってゆく中で聞こえ始めては秋愁の情趣をかもし出す「蜩《ひぐらし》」の鳴き声、そのような宵の雰囲気を好む「吾娘《わこ》」と聞く蜩を詠む御歌である。

「蜩」は『古今集』以来、秋の薄暮の景色に孤愁漂わせる感覚が好まれ、『源氏物語』「夕霧」にその興趣を描かれたり、『新古今集』に至っても「夕づく日さすや庵《いほり》の柴の戸に淋《さび》しくもあるか蜩《ひぐらし》の声」と残された。

大学の卒業論文を『古今集』から『新古今集』までの八代集の御研究で成されたと伝わる清子様の、内親王様ならではの天性の感覚を詠む貴重な一首であると同時に、その感性に共感なさって「吾《わ》娘《こ》」と二人で蜩の世界にひたっていらっしゃる聴覚による御歌であろう。

除夜

外国《とつくに》に吾子《わこ》離れすむこの年の夜《よる》のしづけさ長くおもはむ

昭和五十八年

「吾子《わこ》」が遥か彼方外国に隔って「除夜」を過ごす静けさ、その静寂を長く想う思いに、「吾子《わこ》」浩宮様へのいとおしみを長い余情として漂わせた、吾子様へのお心が深い御歌であろう。

古来、母と息子との深いつながりは多くの文学作品を生み出し、『伊勢物語』（八四　さらぬ別れ）に入る都の母と宮仕えにより地方に赴いた息子との贈答歌「老いぬればさらぬ別れのありと言へばいよいよ見まくほしき君かな」「世の中にさらぬ別れのなくもがな千代もと祈る人の子のため」は、母と息子の強く深い心の一体感を表出する和歌。

「長き夜《よ》の学び進むは楽しとぞ宣《の》りし子の言葉抱《いだ》きて寝《い》ぬる」（昭和五十五年）とまでお慈しまれる浩宮様の、オックスフォード大学ご留学に英国ご滞在中の、母后様のお思いの尽きない一首である。

## きのこ

# フェアリー・リングめぐり踊りてゐたりけり彼《か》の日のわが子ただに幼く

平成三年

妖精の輪「フェアリー・リング」を巡って踊っていたただただ幼なかった「わが子」を想う御歌である。

この時の想い出を后宮様は特に「ある朝突然庭に出現した、白いフェアリー・リング（妖精の輪と呼ばれるきのこの環状の群生）に喜び、その周りを楽しそうにスキップでまわっていた」「可愛い姿[註一]」と思い語られていらっしゃる。

「花びら」（昭和四十四年）のように可憐に愛らしく生まれた「吾娘《わこ》」（昭和五十八年）は、御歌の中のイメージで天使の清らかさに光り（昭和四十六年）、同じく御歌の中で「吾娘」様とイメージされる桜吹雪の中で姫君のごとく映り（昭和五十五年）、内親王様ならではの感性を響かせながら（昭和五十八年）成長し、乙女として旅立っていった（昭和六十年）。内親王殿下を妖精のようにご回想なさる母后様の清聖な一首と言えよう。

満開の皇居・梅林坂。

## 梅

婚約のととのひし子が晴れやかに梅林《ばいりん》にそふ坂登り来る

皇太子婚約内定
皇太后陛下御誕辰御兼題
平成五年

婚約のととのった子が、将来への希望を駆け昇るように身も心も晴れやかに梅林に沿う坂を登り、こちらへやって来る姿の御歌。

平成五年一月十九日、東宮様のご婚約が皇室会議で決定、そのお慶びを「梅」に込める。「梅」は『万葉集』大弐《だいに》紀卿《きのまえつきみ》の「正月《むつき》立ち春の来らばかくしこそ梅を招《を》きつつ楽しき終へめ」と詠まれるとおり、古代宮廷で尊重され、同集では「萩《はぎ》」と共に最も愛でられた花。平安初期でも内裏《だいり》の左近の桜は左近の梅であって、今も嵯峨の大覚寺には右近の橘と対の左近の梅が伝わる。

如月《きさらぎ》の木枯が吹く中（昭和五十七年）で御誕生になられた「吾子《わこ》」（昭和三十五年）が、立春月に、新しいご誕生をなさることを「梅」と重ねられた御慶賀の御歌と言える。

## 川

「父母《ちちはは》に」と献辞のあるを胸熱《あつ》く「テムズと共に」わが書架《しょか》に置く

平成五年

「吾子《わこ》」ながら日嗣皇子《ひつぎのみこ》である第一皇子から、御高著『テムズとともに』[註二]を献上されるに「父母に」と記され、公を離れたひとりの御母后様としての熱い胸中を詠まれた御歌である。

　后宮様は御胎内に宿られた時から節目毎に浩宮徳仁親王殿下を詠まれていらして、御歌は何十首にも及ぶ上、公私《こうし》に及び未来の日本の象徴とおなりの方の記録となる歴史的歌歌ばかりとなる。

　その中でこの一首は、皇太子様が英国留学の二年間を綴る御玉著の序文に「私の両親に捧げたい」とも記す一冊を両陛下に献上した時の御歌。后宮様が創られた大切な〈ご家庭〉から生まれた私《わたくし》にも私の母子の情愛の深さから強さまで表わされる貴重な御歌なのである。

アイルランドの公式訪問を終え、ロンドンに着いた皇太子ご夫妻を、
英国留学中の浩宮さまが出迎えた。昭和60年3月7日

熊本県慈愛園子供ホーム

吾子《わこ》遠く置き来《こ》し旅の母の日に母なき子らの歌ひくれし歌

昭和三十七年

礼宮誕生

生《あ》れしより三日《みか》を過ぐししみどり児に瑞《みづ》みづとして添ひきたるもの

昭和四十年

眦《まなじり》に柔《やはら》かきもの添ひて来ぬ乳足《ちた》らひぬれば深ぶかといねて

昭和四十年

歌会始御題　声

少年の声にものいふ子となりてほのかに土の香も持ちかへる

昭和四十一年

花

病《や》めば子のひそみてこもる部屋ぬちに甘ずき花のかをる夕暮

昭和四十二年

花吹雪

双《もろ》の手を空に開きて花吹雪《ふぶき》とらへむとする子も春に舞ふ

天皇陛下御誕辰御兼題
昭和四十三年

紀宮誕生

母住めば病院も家と思ふらし「いってまゐります」と子ら帰りゆく

昭和四十四年

種子

一粒の種子《たね》の宿せるいのち見むと日にかざしつつ見つめゐし吾子《わこ》

昭和四十四年

萩

遊びつかれ帰り来《こ》し子のうなゐ髪《がみ》萩の小花のそこここに散る

昭和四十五年

夜長

幼日《をさなび》に君読みましし魚《うを》の書《ふみ》秋の夜更《よふ》かし吾子のよみゐる

文化の日御兼題
昭和四十五年

歌会始御題　家

家に待つ吾子《わこ》みたりありて粉雪《こゆき》降るふるさとの国に帰りきたりぬ

昭和四十六年

夢

剣《けん》によする少年の夢すこやかに子は駆《は》せゆきぬ寒稽古の朝《あさ》を

昭和四十六年

栗鼠

くるみ食《は》む小栗鼠《こりす》に似たる仕種《しぐさ》にて愛《いと》しも子等《ら》のひたすらに食《は》む

昭和四十六年

冬山

冬山の静もる樹氷目に顕《た》つと寒夜《さむよ》に吾子《わこ》のふと語りかく

昭和四十六年

雷

いく度《たび》も幼《をさな》は我にうべなはす雷鳴《らいな》らばとくかたへに来むと

昭和四十八年

鳩

朝の園《その》に真白《ましろ》き鳩の訪《と》ひ来るを神さまのお使ひと子らはいとしむ

昭和四十九年

冬銀河

冬空を銀河は乳《ちち》と流れゐてみどりご君は眠りいましけむ

東宮殿下御誕生日の佳き日に
昭和四十九年

花冷え

園の果てに大島桜訪《と》ふといふ子に重《かさ》ね着《ぎ》の衣《きぬ》をもたせぬ

昭和五十二年

木の実

幼吾子《をさなわこ》の喜べば又しきりにも階《きざはし》打ちて椎《しひ》の実落ちくる

昭和五十二年

発掘

熱泥《ねつでい》の埋めし天明《てんめい》の村のあと掘る人群《ひとむれ》に吾子《わこ》もまじれる

文化の日御兼題
昭和五十四年

歌会始御題　旅

幼髪《をさながみ》なでやりし日も遠くしてをとめさびつつ子は旅立ちぬ

昭和六十年

鯉のぼり

子らすでに育ちてあれど五月なる空に矢車の音なつかしむ

昭和六十年

雀

旅立たむ子と語りゐる部屋の外《そと》雀来《きた》りていつまでもをり

昭和六十三年

みどり児

みどり児と授《さづ》かりし日の遠くして今日納采《なふさい》の日を迎へたり

文仁親王婚約
平成二年

文仁親王の結婚を祝ふ

瑞《みづ》みづと早苗生ひ立つこの御田《みた》に六月の風さやかに渡る

御兼題　早苗
平成二年

冬枯

バンダーの資格うれしと軽装の子はいでゆけり冬枯《ふゆが》るる野に

（註）バンダー　鳥に足環などをつけて学術的な調査を行う鳥類標識調査従事者となるための資格

平成二年

草生

春の光溢るる野辺の柔かき草生《くさふ》の上にみどり児を置く

平成三年十月秋篠宮家に内親王誕生

平成四年

入学

草萌《も》ゆるこの園《その》の道入学せし幼《をさな》スキップに行く日もあらむ

平成四年

夏の日

鍛冶場にて手もて打たるる斧見むと子ら伴《とも》ひて訪《と》ひし夏の日

平成六年

草道

幼な児の草ふみ分けて行きし跡けものの道にも似つつ愛《かな》しき

平成十二年

御料牧場にて

牧の道銀輪の少女ふり返りもの言へど笑ふ声のみ聞こゆ

平成十七年

紀宮

母吾《われ》を遠くに呼びて走り来《こ》し汝《な》を抱《いだ》きたるかの日恋ひしき

平成十七年

着袴の儀

幼な児は何おもふらむ目見《まみ》澄みて盤上《ばんじやう》に立ち姿を正す

平成二十四年

註一・『美智子さまの気品―陛下とお子さま、そしてお孫さまと歩まれた50年―』（江森敬治・主婦と生活社・平成二十（二〇〇八）年十一月十日）

註二・『テムズとともに　英国の二年間』（徳仁親王著・学習院教養新書7・学習院総務部広報課・平成五（一九九三）年二月二十三日）

# 第五章

# 心・魂

高松宮殿下薨去

如月《きさらぎ》の春立てる日を待たずしてかなしも君は逝き給ひけり

妃《ひ》の宮はいかに寂しく在《いま》すらむ白《しら》珠《たま》のごとき歌詠ましき

昭和六十二年

昭和六十二（一九八七）年二月三日、八十二歳で御薨去あそばされた大正天皇の第三皇子高松宮宣仁親王殿下への哀傷の御歌。

初めの一首は、二月を迎えて新しい春が立つ二月四日、その如月二月の春立つ日を待たれずにお逝きあそばされてしまった高松宮様へのあまりに悲しいお思いを、次の二首目は、宮様が御薨去なされまして妃の宮様のお寂しさはどれ程でいらっしゃいますかとお心をはせられ、妃の宮様がお詠みあそばした「白珠」のような和歌を詠まれた御歌となる。

「薨去《こうきよ》」は「薨」が日本では皇族、または三位以上の方に用いられて貴人の死を意味した。日本文学で早く「死」についての表現は、『古事記』に現われる神神の「身を隠したまひき」であった。伊邪那岐《いざなき》・伊邪那美《いざなみ》の二神には伊邪那美命《みこと》が「神避《かむさ》り坐《ま》しき」と描かれ、比婆《ひば》の山に葬られたと伝わる。日本初の勅撰『古今集』で人の死を悼む和歌から、広く人生の無常を観想する和歌や釈教歌までを含む「哀傷歌」は、ひとつの部立として一巻に立てられ、以来、日本の伝統和歌に生きる大きなテーマとなるもの。その中には仁明天皇の一周忌と考えられる日に「深草帝の御国忌の日よめる」の詞書《ことばがき》による哀傷歌「草深き霞の谷に影かくし照る日の暮れし今日《けふ》にやはあらぬ」も伝わっている。

高松宮殿下御薨去への二首も、『古今集』以来、勅撰和歌集の巻頭歌として「始まり」を示してきた立春の、その前日に御薨去された宮様への空しさを、そうしてそのように宮様を儚《はかな》くなされた妃殿下の詠まれた無限に深く純粋な「白珠」の和歌を詠まれた哀傷の御歌と言えよう。

又の日、亡き宮のお印なりし梅の木の蕾
つぎつぎと開くを見て

白梅《しらうめ》の花ほころべどこの春の日ざしに君の笑《ゑ》まし給はず

昭和六十二年

高松宮様が御薨去後、立春となり宮様のお印の梅の、白梅の花は次次にほころぶが、新しい春が立とうとも、どれ程に白梅が咲こうとも、立ったこの春のお陽ざしにもう宮様の笑みはあそばされない空虚を詠む哀傷の御歌である。

「梅」は古代から、「桜」が愛でられる平安初期までは宮廷で重宝と愛でられた花、特に「白梅」は『万葉集』に入る大伴旅人邸での観梅の宴において「梅は鏡前の粉《おしろい》を披《ひら》き、蘭は珮後《はいご》の香を薫《くゆ》らす」と序された和歌「正月《むつき》立ち春の来らばかくしこそ梅を招《を》きつつ楽しき終へめ」が名高い。

先の哀傷歌から日を経た「又の日」の風景に宮様の〈御不在〉を切実になされ、立春前の御薨去から立春後に開いた白梅が象徴する時の流れに無常感を込められた、先の二首から続いて完結する哀傷の御歌なのである。

高松宮ご夫妻。昭和31年8月26日

## 四照花

四照花《やまぼうし》の一木《ひとき》覆《おほ》ひて白き花咲き満ちしとき母逝き給ふ

昭和六十三年

真白い四照花が一本の木全体を覆って咲き満ちた時、その時に御母上様がお逝きなされたことを詠まれた御歌である。

子にとって命の限り愛を注いでくれ、また生きて思慕を寄せる人こそは母、その人の現世での無常は尽きない悲しみから空虚となろう。伝統和歌でも母の死を悼む藤原定家の「玉ゆらの露も涙もとどまらず亡き人恋ふる宿の秋風」（『新古今集』）は永遠の絶唱——

后宮様にもかけがえのない御母上様の無常を、后宮様が最も美しく高貴となさる〈全体が白の世界〉の中に永遠とおなりなさるように象徴化した、あまりに清らかな御哀傷歌と言える。

四照花（ヤマボウシ）

昭和天皇崩御

セキレイの冬のみ園に遊ぶさま告げたしと思ひ醒《さ》めてさみしむ

癒《い》えまして再び那須の広原に仰がむ夏を祈りしものを

春盛《さか》り光溢るるみ園生にそろひいまし日日を忘れず

平成元年

「昭和天皇崩御」御題の三首である。

初めの一首はセキレイが冬のみ園に遊ぶ姿を見、その様子を告げたいと思った、が、次の瞬間、醒めては、現《うつつ》に昭和天皇の御崩御を思い一層の寂しさを再確認して哀惜を深くする昭和天皇への哀傷の御歌、続いて御病気がご快癒あそばして御用邸のある那須の広原で昭和天皇をお仰ぎ申しましょう夏を祈念していたものなのに、それなのに、お祈りが叶うこともなく、どれ程に望もうとも二度と再びお仰ぎできない御顔や御姿への哀悼が長い余情となる哀傷の御歌へ、そして三首目に、春の盛りの光が溢れるみ園生に昭和天皇と香淳皇后がおそろいでおいであそばされた日日を忘れない、との、記憶を一層鮮明にして参りたい意志の表現へつながる哀傷の御歌となる。

一首目に詠まれる「セキレイ」は「鶺鴒」で、特に背黒鶺鴒は日本の留鳥《りゅうちょう》、『日本書紀』にも鶺鴒が尾を振って伊奘諾《いざなき》・伊奘冉《いざなみ》の両神に「みとのまぐはひ」（性生活）を教えたと伝わる神話の世界の鳥である。

このような鳥の遊ぶ姿をこそ昭和天皇にご覧にいれたかったのに、現実に醒めて昭和天皇がおいであそばされないことを思われては、王朝の伝統和歌「見し夢を忘るる時はなけれども秋の寝覚めはげにぞ悲しき」（『新古今集』）に詠まれるとおり、現の時に思っていた悲しみとは比べることもできないほどの「寝覚め」の実感からの尽くせぬ悲しみとなる、不在を再確認しての一首なのである。

そして二首目に続いては、この深い実感からの悲しみの中で、以前と同じように昭和天皇をお仰ぎ申す祈りを捧げていた「ものを」、と結び、ここでも現実には祈りが実現しなかったことへの思いが逆接の余韻を持つ「ものを」に深い詠嘆となって長く余情を引いてゆく。

この実感からのとめどない悲しみ、現実に祈りが叶わなかった空しさからの三首目への「忘れず」との強いご意志へと転化して、慶びの美しい光を受けて香淳様とおそろいでお二人がいらした日日の記憶への志向となってゆく。悲しみ悔やみ空しさ儚なさが無限なほどに、そこから転化される志向も高く飛翔されてゆくもの、「昭和天皇崩御」三首の最後は、〈昭和天皇への記憶の永遠〉として昇華されてゆく御歌三首と言えよう。

須崎御用邸に向われる昭和天皇。昭和63年3月10日

昭和天皇をお偲びする歌会御題　晴

かすみつつ晴れたる瀬戸の島々をむすびて遠く橋かかりたり

平成二年

昭和天皇御崩御の前年に完成した瀬戸大橋を、かすみがかかる高い天空から海上の島々へ、その島々を結ぶ橋へと焦点を合わせ、どこまでも広がる光景に昭和天皇をお偲びなされる御歌である。

「橋」が日本の和歌に初めて登場するのは天智天皇の明日《あす》香皇女《かのひめみこ》の死を悼む柿本人麿の「飛ぶ鳥の　明日香の川の　上つ瀬に　石橋渡す　下つ瀬に　打橋渡す　石橋に　生ひ靡《なび》ける　玉藻もぞ　絶ゆれば生ふる　打橋に　生ひをゐれる……」（『万葉集』）であった。

古代に死からの生、無からの有へ繋ぐ「橋」の遠景に、無限な彼方まで永遠になられてゆかれる昭和天皇をお偲びなさる一首となろう。

母

この年も母逝《ゆ》きし月めぐり来て四照花《やまぼうし》咲く母まさぬ世に

平成三年

昭和六十三年、一本の四照花の木が真白い花に満ちた時、その花の中にお逝きなされた御母上様のご永眠から三年がたち、毎年毎年その時になると咲く四照花の花、今年もまた咲き誇る花と、今となってはもう御母上様がおいであそばされない此世《このよ》とを詠む御歌。

后宮様は御母上正田富美子様のご逝去に、「四照花《やまぼうし》の一木《ひとき》覆《おほ》ひて白き花咲き満ちしとき母逝き給ふ」（昭和六十三年）を詠まれている。何かをよすがとして亡き人を偲ぶのは「あらざらむ後《のち》しのべとや袖の香を花橘にとどめ置きけむ」（『新古今集』）と、永い和歌の伝統。「四照花《やまぼうし》の花」に巡り来る季節と自然の永遠を象徴し、それをよすがとしながら、〈形ある人の命の無常〉を深い余情とする哀傷である。

つみ草

つくし摘みしかの日の葉山先《さき》つ帝《みかど》后《きさい》の宮の揃《そろ》ひ在《いま》しき

皇太后陛下御誕辰御兼題
平成四年

つくし摘みをしたある日の葉山、そこにお揃いであられた先の昭和天皇と香淳皇后を詠まれた御歌。

「つみ草」は古代から春の野に出て春草を摘む遊びで、雄略天皇の『万葉集』巻頭歌「籠《こ》もよ　み籠持ち　掘串《ふくし》もよ　み掘串《ぶくし》持ち　この岡に　菜摘ます児《こ》……」以来の伝統、そこで多く摘む中の「つくし」も『源氏物語』「早蕨《さわらび》」に描かれる春の野の美しい草であった。

古代から天皇方が国見も兼ねて民の平穏を願ってきた春の慶びの行事に、現在も那須・須崎と共に在る皇室御用邸の「葉山」で、揃っておられた先の御代《みよ》の帝を、時の皇太后様とお二人でおわした御姿に詠まれた回想が余情を深める哀傷の御歌である。

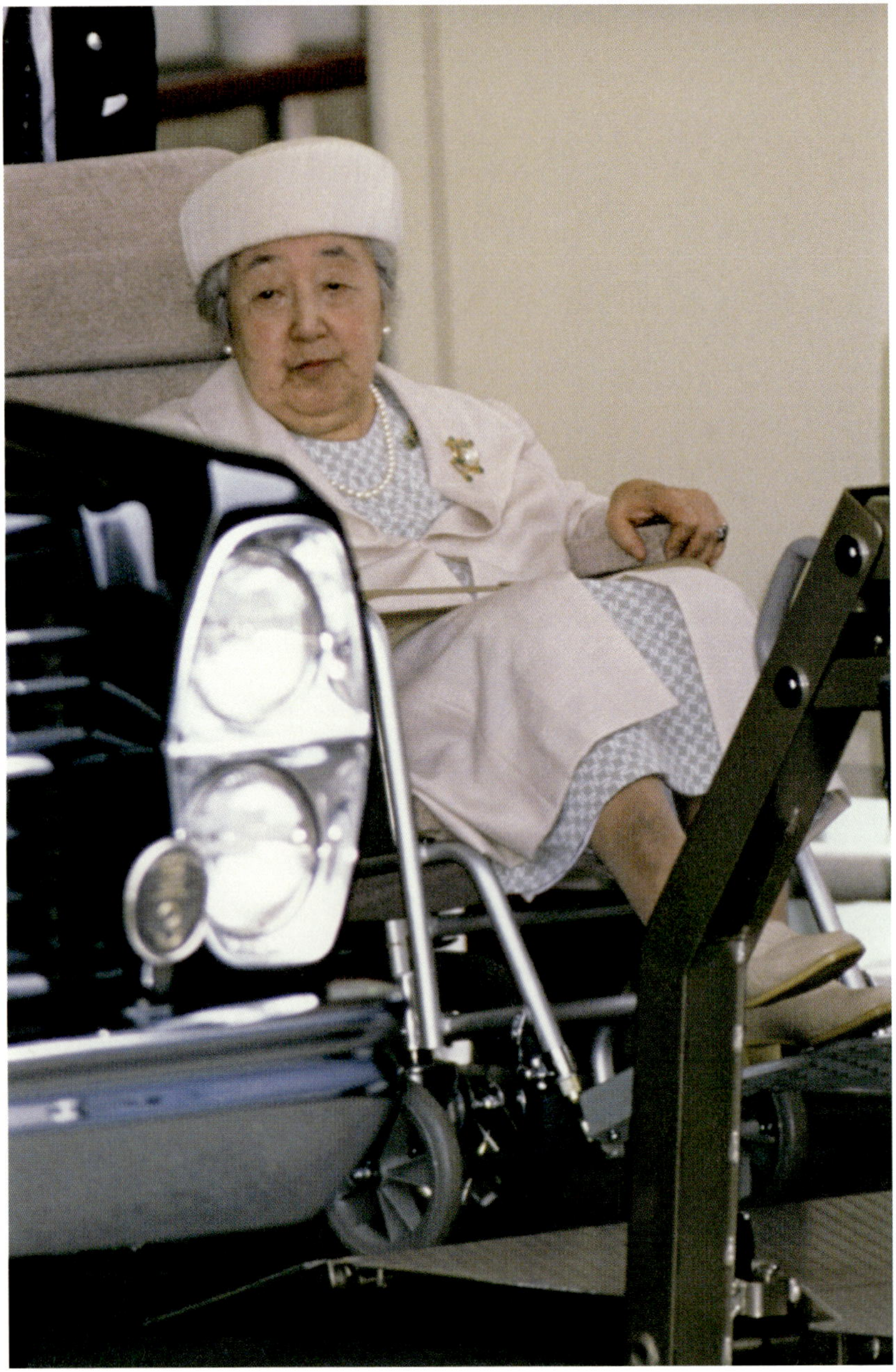

須崎御用邸に向われる香淳皇后。昭和63年3月10日

香淳皇后御舟入の儀

現《うつ》し世にまみゆることの又となき御《み》貌《かほ》美し御《お》舟《ふね》の中に

平成十二年

現世では二度とお目にかかることがない香淳皇后の、御舟の中の美しい御貌を詠む御歌である。

昭和六十四（一九八九）年一月七日、昭和天皇御崩御と共に皇太后陛下とおなりになり、平成十二（二〇〇〇）年六月十六日に吹上大宮御所にて九十七歳で御崩御あそばされては追号された香淳皇后の「御舟入《おふねいり》の儀」を詠まれている。「御舟入」とは高貴な方のご遺体を棺に納めるご納棺と、そのお式で、「香淳皇后御舟入の儀」は平成十二年六月であった。

お生まれの三月とお印にちなまれて香も彩も愛でられる「桃」に何首もの御歌で描かれてきた香淳様を、現世で無常となられても天上で永遠となるお美しさに詠まれた「御舟入」での哀傷の御歌と言える。

東久邇成子様薨去

御舟入の儀

新しき貴《たか》きいのちの歩みここにはじめまさむか御靴《おんくつ》まゐらす

昭和三十六年

大学時代の恩師をいたみて

たどきなく君なきを思ふ心解《と》かれあたためられてありし日々はも

昭和四十二年

小泉信三氏一周忌に

ありし日の続くがにふと思ほゆるこの五月日《さつきび》を君はいまさず

昭和四十二年

焚火

山茶花《さざんくわ》の咲ける小道の落葉《おちば》焚《た》き童謡とせし人の今亡く

巽聖歌氏をいたみて

昭和四十八年

五島美代子師をいたみ

二月二十八日　昏睡の師をおとなふ

いまひとたび朝山桜みひたひに触れてわが師の蘇《よみがへ》らまし

昭和五十三年

春盛れば「日本列島を北に北にと咲きゆく桜見たし」と
師の仰せられしことの懐かしく

み空より今ぞ見給へ欲《ほ》りましし日本列島に桜咲き継ぐ

昭和五十三年

佐藤佐太郎先生をいたみて

君亡きにいつものごとく「ツキホシ」と斑鳩《いかるな》啼きとぶ昼にかなしむ

昭和六十二年

もの視《み》つつもの写せよと宣《の》りましかの日のみ目を偲《しの》びてやまず

昭和六十二年

静けくも大きくましし君にして「見ず」とはいはず亡きを嘆かむ

昭和六十二年

## 絵画

故鷹司和子様の御遺作を拝見して

姉宮の遺《のこ》したまへるお絵あまた美しければ見つつ哀しき

文化の日御兼題
平成元年

エドウィン・ライシャワー氏をいたみ

雨なきに秋の夕空虹たてばラホヤに逝《ゆ》きし君し偲《しの》ばる

平成二年

一つ窓思ひて止まず病みし君の太平洋を望みましとふ

平成二年

海原《うなばら》に海の枕のあるときく君が眠りの安けくあらまし

遺灰は海に撒かれぬ
平成二年

植村直己氏を偲ぶ

若くしてデナリの山に逝きし人春の落葉を踏みつつ思ふ

平成四年

秩父宮妃殿下をお偲びして

もろともに蓮華《れんげ》摘《つ》まむと宣《の》らししを君在《ま》さずして春のさびしさ

平成八年

山

年ごとに巡《めぐ》るこの日に遺族らの御巣《おす》鷹山《たかやま》に見えてかなしも

平成八年

# 鎮魂

国宝《観普賢経》（平家納経のうち）「見返し」　平安時代　厳島神社蔵

歌会始御題　波

波なぎしこの平《たひ》らぎの礎《いしずゑ》と君らしづもる若夏《うりずん》の島

平成六年

風が止み波もおさまって穏やかな海になる平和への礎、その礎となった人人が鎮まる沖縄の若夏に捧げる深い魂鎮《たましづ》めの御歌。

第二次世界大戦末期に日本で唯一激戦の現場となり、多数の一般国民も犠牲になった悲惨さは、如何ともすることができない日本歴史上の現実であったろう。そこで無残にも命を散らされた人人の御霊を安らかに悼み、平和への努力を進めることは現代から後世へ生きる全ての者の責務にもなってゆくこと。

「若夏《うりずん》の島」に象徴される沖縄に建つ「平和の礎《いしじ》」に眠る人人への鎮魂《ちんこん》から、平和への祈願まで深く静かに、しかし脈脈と生きている一首である。

硫黄島

銀ネムの木木茂りゐるこの島に五十年《いそとせ》眠るみ魂《たま》かなしき

平成六年

平成六年に「硫黄島」題で詠まれた二首の内の一首、銀ネムの木木が茂るこの島「硫黄島」に五十年眠る戦争で命を空《むな》しくしていった人人への「かなしき」「み魂」への鎮魂の御歌。

日本人は古来、「魂《たま》」が肉体を離れて在るものと考え、『万葉集』以来、その魂への信仰はもちろん、王朝期に入っても魂による恋人との夢での逢瀬や、魂祭りの多くの伝統和歌が詠まれてきた。それらの歌詞を詞章に創った謡《うたい》と舞による謡曲こそは、本来に死者の霊への「鎮魂」を本質とする日本の芸能であった。

日本の永い和歌伝統の中で熟成してきた「み魂」「かなしき」に、第二次大戦末期に激戦地となった亜熱帯地で命を奪われた人人への深い〈御《み》魂鎮《たましず》め〉を込められる御歌である。

硫黄島

慰霊地は今安らかに水をたたふ如何《いか》ばかり君ら水を欲《ほ》りけむ

平成六年

今は慰霊地として平安に水を湛える硫黄島、この亜熱帯の地で、戦時下に犠牲となった人人が一体どれ程に渇きに苦しみ逝ったことであろうか、その全ての方方の御魂を悼む御歌。

人間にも国家にも究極の絶望は戦争である。そのもとで人は飢え、渇き、不条理な死を強いられる。日本文学でこれを説き、民衆の魂を救済していった女性は『平家物語覚一本』に語る建礼門院徳子であった。清盛の一姫から高倉天皇中宮となり、安徳天皇生母として日本初の国をあげた源平合戦を実体験した徳子は、海上戦での、一層渇きに苦しむ「餓鬼道」を語り民を浄土へ導いた。

——国母だけがなしうる国民と国家への救済と魂鎮め——

硫黄島での戦いに餓鬼に命を奪われた人人への、御国母美智子様だけのかけがえのない鎮魂の一首である。

広島

被爆五十年広島の地に静かにも雨降り注《そそ》ぐ雨の香のして

平成七年

「被爆五十年」「広島の地」「静かにも」「雨降り注《そそ》ぐ」「雨の香のして」の歌句《かく》に、歌詞《うたことば》の表現とは全く逆の、「五十年前の被爆の極限」「その極限に置かれた広島の地」「音も状況も人間界を超えた地獄の様相で」「『黒い雨』が降り」「『雨の香』ではなく全ての地上の存在ありとあらゆるものがその本性を失なった状況になって」という究極の地獄を暗示して詠まれたと解される一首である。

原爆の悲惨さを語る文学作品は井伏鱒二『黒い雨』、峠三吉『原爆詩集』をはじめ枚挙にいとまがない。

この御歌は現代詩的な表現方法で原爆の悲惨さを無限に強め、尽きない鎮魂と祈りの思想を表出した、まさしく五・七・五・七・七の表現形式による文学と言える。

## 終戦記念日

海陸《うみくが》のいづへを知らず姿なきあまたの御霊《みたま》国護《まも》るらむ

平成八年

海も陸もどことも知らずに、この国を護っている無数の「御霊《みたま》」を鎮め、国家鎮護を願う御歌。

『日本書紀』「太秦《うつまさ》は　神とも神と　聞《きこ》え来《く》る　常世の神を　打ち懲《きた》ますも」のように、日本では森羅万象に霊魂が宿り神が護ると崇められてきた。この日本文学史上で戦死者の魂を鎮め国家の安寧を祈念した信仰者は、高倉天皇中宮から安徳天皇生母となった建礼門院徳子であった。それは母時子が夢の中で告げた諭し「男の生き残らむ事は、千万《せんばん》が一つもありがたし。……昔より女は殺さぬならひなれば、……主上《しゆしやう》の後世《ごせ》をもとぶらひ参らせ、我等が後生《ごしやう》をも助け給へ」（『平家物語覚一本』）からの信仰によるもの。

国母だけがなしうる国と民への鎮魂と祈願、皇后陛下美智子様だけの日本と全ての戦死者への「終戦記念日」の、〈み魂鎮めと祈り〉の一首である。

サイパン島

いまはとて島果ての崖踏みけりしをみなの足裏《あうら》思へばかなし

平成十七年

「いまは」と強い覚悟をもち、一寸の余地もなく追い詰められて崖を踏み蹴った、その女性たちの足裏への尽くせぬ悲しみの御歌。

大正九年から昭和十九年まで日本の委任統治領であったサイパン島、しかし敗戦直前、追いつめられた在留邦人たちは玉砕を余儀なくされてゆく。今も島北岬はバンザイクリフの名を残す。日本文学で戦争の「悲」を詠む和歌は右京大夫の「悲しくもかかる憂目《うきめ》をみ熊野の浦わの波に身を沈めける」。源平合戦で恋人を亡くし、生涯を戦死者のみ魂鎮めに生き、戦さで愛する人を失なった悲しみを綿綿と詠み上げた歌集『建礼門院右京大夫集』は、中世の時代から現代までの戦争の度毎に最も多く女性たちの共感を寄せられてきた。

歴史の中で哲学的次元までを表現した歌詞「かなし」に込められた〈尊くも悲しい哀悼〉の御歌である。

観音崎戦没船員の碑除幕式激しき雨の中にとり行はれぬ

かく濡れて遺族らと祈る更にさらにひたぬれて君ら逝《ゆ》き給ひしか

昭和四十六年

鹿

鹿子《かこ》じものただ一人子を捧げしと護国神社に語る母はも

昭和四十九年

礎

クファデーサーの苗木添ひ立つ幾千の礎《いしじ》は重く死者の名を負《お》ふ

平成七年

この年の春

草むらに白き十字の花咲きて罪なく人の死にし春逝《ゆ》く

平成二十三年

# 祈り

デイゴの花。

五月十五日沖縄復帰す

黒潮の低きとよみに新世《しんせい》の島なりと告ぐ霧笛《むてき》鳴りしと
雨激しくそそぐ摩文仁《まぶに》の岡の辺《へ》に傷つきしものあまりに多く
この夜半《よは》を子らの眠りも運びつつデイゴ咲きつぐ島還《かへ》り来ぬ

昭和四十七年

昭和四十七（一九七二）年、二十七年ぶりに日本に返還された沖縄の施政権について、「五月十五日沖縄復帰す」題で詠む三首。

三首はまず、濃い藍色に見える深い真潮の低く響くとよみに、今、その時までは米国軍政下で苦難を強いられていた沖縄が日本復帰を実現し、新しい世の島になったと告げる、その霧笛が鳴ったと詠む御歌から始まる。

が、振り返ると、今日、沖縄が復帰するに至るまでも、雨が激しく降りそそぐ摩文仁の丘では、大戦によって現地の人人が非常なまでに巻きぞえにされ、異常なほどの一般住民の戦死者も出した歴史を経てのこと、その人人への鎮魂を「傷つきしものあまりに多く」に込めた御歌が二首目に入って来る。

そうしてその悲惨な歴史の上の今日の沖縄復帰、ようやく日本の一つの県として平和への社会へ「新世《しんせい》の島」となった沖縄の歴史が、この夜の中で感慨される。それは、明からの入貢、島津による征服、琉球藩から沖縄県へ、そして第二次世界大戦における現地での激戦と死傷者の苦難、さらにアメリカ軍政下での統治と言う悲惨なものであった。しかし、その中でも美しく咲き継いできたデイゴは、子どもたちへの安らかな眠りも運びながら、島には不変に美しく咲き継いでいる。そしてその花が咲く島が今、還って来た御歌へと続く。歴史の中で咲き継がれてきた「デイゴ」はこの夜半に不変な美を誇り、子どもたちに眠りを誇っては、未来へ、永遠の安らぎをもって咲き継いでゆくのである。

この日五月十五日、沖縄には午前零時、「復帰」を知らせるサイレンと汽笛が全島に鳴り渡り、「沖縄県」が発足、米高等弁務官は零時すぎに嘉手納基地から東京へ出発、午前十時半からは政府主催の記念式典が東京の日本武道館と沖縄の那覇市民会館で同時に行なわれ、事実上の沖縄県の施政は始まった。

しかし太平洋戦争末期の沖縄最大の激戦地「摩文仁の丘」では、昭和二十（一九四五）年五月末、撤退を強いられた日本人が抗米軍のために無数とも言える一般県民を巻きぞえにした歴史が事実として残る。そして現在、平和祈念公園となっているこの丘は、慰霊塔の眼下の海と自然の美しさがこの地の、その歴史の悲惨を一層際立たせている。

三首は「沖縄復帰の慶び」から、そこへ至る歴史上の人人の「魂鎮め」へ、そして「未来への祈願」へと続き、今、日本へ復帰した沖縄の〈未来への祈り〉と、沖縄の子どもたちへの〈将来への願い〉へと飛翔してゆく。

歌会始御題　朝

浄闇《じやうあん》に遷《うつ》り給ひてやすらけく明けそむるらむ朝《あさ》としのびぬ

昭和四十九年

夜が次第に澄み、清らかな闇にお遷りなされては、そのお遷りなされた時から安らかに明け初めてゆく朝の、空の、暗から明へのお遷りと、その中でのお心とを詠まれる御歌である。

「浄」は伝統和歌では仏教に関する事柄に冠して迷いから解脱した意を表わした詞。夢から覚めてゆく闇から暁への時の流れが、法灯によって照らされ導かれてゆく釈教歌「夢覚めむそのあか月を待つほどの闇をも照らせ法《のり》の灯《とも》し火」（『千載集』）には、「浄闇」に繋がる遷りの時への祈念も表わされよう。

悟りを象徴するような闇へ「遷《うつ》り給ひ」た暁前後の空から、明け始めてゆく空の光の神神しさへのお遷りが心の中に映ってゆき、読み手が敬虔に祈念する思いを湧き立たせていただく祈りの一首となろう。

半蔵門から望む皇居の曙光。

歌会始御題　母

子に告げぬ哀《かな》しみもあらむを柞葉《ははそは》の母清《すが》やかに老《お》い給ひけり

昭和五十三年

子に告げずに秘めてきた哀しみもありましょうものなのに、そういう思いを胸に終《しま》われて清清しく美しく老いなされた御母上様を詠む御歌である。

「清《すが》やか」は清清しく清潔感がある美しさをイメージする歌詞で、語源を同じくする「清清《すがすが》し」を使って后宮様は「おのづから丈高くしてすがすがし若竹まじるこのたかむらは」（昭和五十八年）と、清清しい若竹を詠まれている。「さやか」「清《きよ》ら」などと共に「清《すが》やか」は后宮様がお求めになる美のひとつを象徴する表現なのである。

年齢を重ねられて清らかにお上品に老いられた御母上様に、秘められたお「哀《かな》しみ」を想い、御母上様のお健やかをお祈りなさる、富美子様の〈清《すが》やかなお姿が透明な〉一首と言える。

歌会始御題　森

いつの日か森とはなりて陵《みささぎ》を守らむ木木かこの武蔵野に

平成二年一月七日、武蔵野陵に詣づ

御陵のめぐりに御愛樹のあまた植ゑられてありければ

平成三年

昭和天皇御陵の武蔵野陵《むさしののみささぎ》に詣でられ、御陵の周りに多く植えられている御愛樹に、いつか森となって陵《みささぎ》を守ってゆくであろうことを想う御歌である。

「森」は日本ではそのまま「山」を意味し、古来、入会《いりあい》の山林と鎮守の森は日本人と共にあって、その森での神事を詠む「山ぎはの田中の森にしめはへてけふ里人は神まつるなり」（『玉葉集』）のように、そこには神がおわし人が祀る所であった。

昭和天皇が御崩御あそばされて一年を経、先の帝が御鎮座あそばす武蔵野陵に詣でられては、今ここに立つ木木もいつかは森となり先帝の御陵の鎮守となろうか、なって鎮護してほしいとの御祈念の一首と言える。

## 彼岸花

彼岸花咲ける間《あはひ》の道をゆく行《ゆ》き極《きは》まれば母に会ふらし

平成八年

秋の彼岸、真赤な彼岸花が咲いている間の道を行く、この道を行き極めて会える亡き御母上様の御魂への邂逅を詠む御歌である。

日本では「太政官符《だいじょうかんぷ》」延暦二十五（八〇六）年三月に記すように、平安初期より「彼岸会」が行なわれて多くの王朝文学に描かれてきた。

その折りに御母上様のおわす所へ向かわれるこの御歌には、御母上様御逝去に詠まれた哀傷歌（昭和六十三年）から、さらに三年を経て人の世の無常の中でより御母上様のご不在を空虚とする哀傷歌（平成三年）を経られて、悲しみや無常観は決して消えないものの、永遠となられた御母上様の御魂をご確認なされ、彼岸花の中の「道」を行けば必ずご邂逅があると確信された思いが生まれている。〈永遠の御魂との触れ合い〉へのご祈願が一本の道のように通る御歌と伝わってこよう。

皇居・桜田濠のヒガンバナ。

昭和天皇十年祭

かの日より十年《とせ》を経たる陵《みささぎ》に茂りきたりし木木をかなしむ

平成十一年

昭和天皇御陵に植えられたその日から、十年を経てきた御陵に茂ってきた木木、その木木への慈しみを詠む御歌。

「昭和天皇十年祭」の詞書にて詠まれた御歌で、この御歌より十年程前に后宮様は「いつの日か森とはなりて陵《みささぎ》を守らむ木木かこの武蔵野に」（平成三年）を詠まれていて、この御歌は先の御歌より十年近くの年月を経た先の御歌からの連作となろう。

古来、日本人の中に生きてきた神のおわす森と山との共生、その信仰から自然に生まれ出でたであろう木木への祈願から、今は成長した木木を慈しみ、御陵への鎮守をより深く祈りながら、より広く御陵に鎮座する御魂が守る日本全体への御祈念も余情となってゆく一首である。

日本復帰五十年を迎へし奄美にて

紫の横雲なびき群島に新しき朝《あさ》今し明けゆく

平成十五年

仏が来迎する時に乗って来ると言われるような紫色の雲が横に靡《なび》いて、日本復帰五十年を迎えた奄美の群島に新しい朝が訪れ、今、明けてゆく情景に新しい出発を祈る御歌である。

「紫の横雲なびき」には、『枕草子』（一　春はあけぼの）に綴られる「春はあけぼの。……紫だちたる雲のほそくたなびきたる」曙色の空に紫色がかった雲がすっと靡く空の景色や、藤原定家が残した王朝の秀歌「春の夜の夢の浮橋とだえして峰に別るゝ横雲の空」（『新古今集』）に詠まれる峰にとぎれて「横雲」が流れ行く春の空の優美さなど、さまざまに彩られた伝統美が象徴されよう。

その美しさに、西方浄土へ誘《いざな》う仏が乗る「紫雲」の尊さも込めながら、これからこそ平和社会で新しい時代になってゆく奄美の次代を、明けゆく空にたなびく横雲にご祈願なされた御歌と言える。

塔

空に凝《こ》る祈りの如く一ひらの白雲は塔の上に浮かべり

天皇陛下御誕辰御兼題
昭和五十一年

葛の花

くずの花葉かげに咲きて夏たくる日日臥《こや》ります母宮癒《い》え給へ

昭和五十二年

歌会始御題　丘

旅斎《いは》ふと参来《まゐこ》し丘のみささぎに花さはに持つみ榊《さかき》捧ぐ

昭和五十四年

雪

微《び》振《しん》動《どう》いまだ続ける大島の三《み》原《はら》山《さん》頂《ちやう》雪降りしとぞ

昭和六十二年

霙

噴火にて山燃ゆる島のがれつついかにありけむ霙《みぞれ》降る夜に

昭和六十二年

月

金星を隠しし月を時かけて見たりき諒闇《りやうあん》の冬の夕べに

平成元年十二月二日、金星蝕を見ぬ
平成二年

雲仙の人びとを思ひて

火を噴ける山近き人ら鳥渡るこの秋の日日安《やす》からずゐむ

平成三年

卒業

被災せる奥尻島《おくしりたう》の子供らの卒業の春いかにあるらむ

平成六年

山茶花

山茶花《さざんくわ》の咲きゐる季節リュウマチを病みつつ友のひたすらに生く

平成六年

よもぎ

被災せし淡路の島のヘリポートかのあたりにもよもぎ萌えゐむ

皇太后陛下御誕辰御兼題
平成七年

春燈

この年の春燈《しゅんとう》かなし被災地に雛なき節句めぐり来りて

平成七年

戦後五十年遺族の上を思ひて

いかばかり難《かた》かりにけむたづさへて君ら歩みし五十年《いそとせ》の道

平成七年

大震災後三年を経て

嘆《なげ》かひし後《のち》の眼《まなこ》の冴えざえと澄みゐし人ら何方《いづかた》に住む

平成九年

日本海重油流出事故

汚染されし石ひとつさへ拭《ぬぐ》はれて清まりし渚あるを覚《おぼ》えむ

平成九年

日本傷痍軍人会創立四十五周年にあたり

復興の国の歩みに重ね思ふいたつきに耐へ君らありしを

平成十年

英国にて元捕虜の激しき抗議を受けし折、かつて「虜囚」の身となりしわが国人の上しきりに思はれて

語らざる悲しみもてる人あらむ母国《ぼこく》は青き梅実る頃

平成十年

長崎原爆忌

かなかなの鳴くこの夕べ浦上の万灯《まんどう》すでに点《とも》らむころか

平成十一年

歌会始御題　時

癒《い》えし日を新生《しんせい》となし生くる友に時よ穏《おだ》しく流れゆけかし

平成十二年

オランダ訪問の折に

慰霊碑は白夜《びやくや》に立てり君が花抗議者の花ともに置かれて

平成十二年

野

知らずしてわれも撃ちしや春闌《た》くるバーミアンの野にみ仏在《ま》さず

平成十三年

八王子市に「げんき農場」を訪《と》ふ

これの地に明日葉《あしたば》の苗育てつつ三宅の土を思ひてあらむ

平成十四年

芽ぐむ頃

カブールの数なき木々も芽吹きゐむをみなは青きブルカを上ぐる

平成十四年

帰還

サマワより帰り来まさむふるさとはゆふべ雨間《あめま》にカナカナの鳴く

平成十八年

玄界島

洋中《わたなか》の小さき陸《くが》よ四《し》百余の人いま住むを思ひつつ去る

平成十九年

旧山古志村を訪ねて

かの禍《まが》ゆ四年《よとせ》を経たる山古志に牛らは直《なほ》く角《つの》を合はせる

平成二十年

海

何事もあらざりしごと海のありかの大波は何にてありし

平成二十三年

歌会始御題　岸

帰り来るを立ちて待てるに季《とき》のなく岸とふ文字を歳時記に見ず

平成二十四年

復興

今ひとたび立ちあがりゆく村むらよ失《う》せたるものの面影の上《へ》に

平成二十四年

# 懐旧

風に揺れる稲穂。

## 汐風

汐風に立ちて秀波《ほなみ》の崩れゆくさま見てありし療養の日日

昭和五十年

汐風が吹く中に立って、稲などの穂が風に揺らぐように波が揺らぐ秀波《ほなみ》の崩れゆくさまを見て在った、療養の日日を回想する御歌である。

和歌では昔を想う「懐旧の情」をテーマとする伝統があり、これは公《おおやけ》の和歌と比べて主に個人の内なる心情を表出するものであった。伝統和歌での「述懐歌《じゆつかいか》」はこの和歌に通じるもので、平安末期の歌人藤原俊成は人生を仏教的無常観の中に詠む多くの述懐歌を詠み、『百人一首』で知られる「世中《よのなか》よ道こそなけれ思ひ入る山の奥にも鹿ぞ鳴くなる」（『千載集』）はその中の秀歌。

崩れゆく波を、若き日の美智子様は一体どのようにご覧になっていらしたのであろうか、汐風の中に后宮様のお姿が想われて参るような一首となろう。

幼き日

うつし絵の時は春かも幼《をさな》我を抱《いだ》くたらちねの母若かりし

昭和五十一年

春の頃であろうか、一枚のうつし絵に描かれた時はうららかで華やかな雰囲気、わたくしもまだ人生の春を迎えるに至る前の幼な子なら、そのわたくしが抱かれる御母上様も春の季節に映えてお若かったお姿を詠む御歌である。

后宮様が御母上様をお詠みなされた御歌の中では、拝見させていただく限り五首の中で最もお早い時期の御歌で、后宮様が正田家ご令嬢でいらした時の美智子様と富美子様が想われる一首。

題で示される「幼き日」のテーマでの、御母上様に抱かれる后宮様のご幼少時への想い出と共に、「うつし絵」を通して春爛漫のように美しく気品高い故正田富美子様のお姿が髣髴とされる懐旧の御歌と言えよう。

硯

夜半《よは》の水およびに凍《し》みて洗ひたるこの硯《すずり》長く使ひ来《きた》りし

文化の日御兼題
昭和五十五年

書《しょ》をしたため夜中になって指に凍みる水で硯を洗っている時、長い年月にわたって使ってきた硯であることを想って詠む御歌。

「硯」は古く正倉院にも紫檀《したん》の台にはめこまれた風字硯が伝わる。書では墨を磨る時間の心持ちを大切にされたため、硯には常に水洗いをして清めることが求められた。特に清少納言は「……女は、鏡、硯こそ、心のほど見ゆるなゝめれ」（『枕草子』二二九　硯きたなげに塵ばみ）と美しい鏡と硯にこそ女性の心の趣が見えると記し、和泉式部も「あかざりし昔のことを書きつくる硯の水は涙なりけり」（『続古今集』）と詠み残している。

静かに平安な心で硯に向かい墨を磨り、書をしたため、終えては冷たい水で硯を洗う折り、長く使ってきた「硯」に折り折りの書やさまざまな思い出を抒情深く喚起する懐旧の御歌である。

## たんぽぽ

たんぽぽの綿毛《わたげ》を追ひて遊びたる遥《はる》かなる日の野辺なつかしき

昭和六十二年

春の柔らかな陽に野原に咲くたんぽぽ、それがいつか白い球のように丸く透明感をもって絮実《わたみ》を結び、やさしく息を吹きかけると、ひとつひとつの種が傘を開いて風に乗り、ふわりふわりと空に舞う。その、空を漂うたんぽぽの綿毛を追って遊び回っていた今となっては遥かな昔となった日の、あの野辺を懐かしく思い出されてくる懐旧の御歌である。

たんぽぽの野辺の空間にそれを追う可憐な乙女との情景は、「彼方なる浅き緑の揺らぎ見ゆ我もあらむか陽炎《かげろふ》の中」（平成七年）や、「風ふけば幼《をさな》き吾子《わこ》を玉ゆらに明《あか》るくへだつ桜ふぶきは」（昭和五十五年）の、透明感ある構成の中に御歌の主人公がまるで、物語の絵のように描かれる和歌世界と共通する后宮様ならではの甘美な雰囲気の御歌と言える。

春風に舞うタンポポの綿毛。

窓

嫁《とつ》ぎくる人の着物を選びをへ仰ぐ窓とほき夕茜雲《ゆふあかねぐも》

平成元年

嫁いでくる人の着物を選び終え、仰ぐ〈窓〉から遥か遠く夕暮の空にたなびいている「夕茜雲」を詠む御歌である。

「窓」は后宮様が今上帝との恋の贈答歌にも使う特別の歌詞で、ここでは今上帝の強い求愛を受けてご入内《じゅだい》なさる折りと遥か今までの年月を想う夕茜雲を見る窓と言えよう。さらにその雲の茜色も、后宮様がとりわけに趣向をこらした色で、天空に映える曙色のイメージに喚起された緋《ひ》の色なのである。それはアカネ科の草の根からの染料で染められ、古代から「茜さす」などの歌詞も生み出し、平安朝には「日の入るは紅《くれなゐ》にこそにたりけれ」「茜さすとも思ひけるかな」(『金葉集』)との連歌でも詠まれた夕暮時の紅色を表わす歌詞。

大きなご希望をもたれて新しい世界へご入内なされてからの回想が「夕茜雲」に象徴される、華やかにも典雅な懐旧の一首と言える。

ことば

言《こと》の葉《は》となりて我よりいでざりしあまたの思ひ今いとほしむ

文化の日御兼題
平成四年

言の葉となってわたくしから出なかった多くの思いへの今の、いとおしみを詠む御歌である。

「言《こと》の葉《は》」こそは、倭歌《やまとうた》（和歌《わか》）が、歌詞《うたことば》によって人の心を表わす表現であることを解く手掛りとなるもの。日本で初めての勅撰《ちよくせん》『古今集』「仮名序」には「やまとうたは、人の心を種として、万《よろづ》の言《こと》の葉とぞなれりける」と定義していて、人の心を種にたとえると、そこから生じた無数の言の葉が倭歌と言う。

かつては心にありながら言葉とはならなかった多くのお思いが、実は、今も胸に生きていて、そして今となってはむしろ、そのお心を大切に懐かしまれる、抒情漂う懐旧の御歌となる。

道

かの時に我がとらざりし分去《わかさ》れの片への道はいづこ行きけむ

文化の日御兼題
平成七年

今、人生をふり返っていくつかの人生の選択の分岐点があったと思われるが、その中の、あの時にわたくしが選択しなかった人生の分岐点のもう一方の「道」は、あの後に一体どこへ続いて行ったのでありましょうかとの、回想と、想像とから人生を述懐する御歌。「道」は后宮様には明治以来の皇室の東宮妃から后宮として進まれる在り方や御継承を象徴する特別の歌詞であると共に、「森の道われより先に行きまして泉の在所《ありど》教へたまひし」（平成四年）のように今上帝に導かれてゆかれるお歩みを表わす歌詞でもあろう。「道」に象徴する人生そのものへの感慨を「いづこ行きけむ」に集約して、選ばなかった人生を想い懐旧する御歌である。

# 凩

いとしくも母となる身の籠《こも》れるを初凩《はつこがらし》のゆふべは思ふ

東宮妃の出産間近く
平成十三年

東宮妃殿下のご出産が間近い頃、后宮様がまだ先の代《よ》で東宮妃でいらした時代に初めて「母」とおなりになる身で籠られたことを、初めて親王様をお生みになられた初凩の吹く夕べに思い出されて詠まれた御歌。

后宮様は昭和五十七年にも同題の「木枯」で「この月は吾子《わこ》の生《あ》れ月夜《づきよ》もすがら聞きし木枯《こがらし》の音《おと》を忘れず」を詠まれていて、二月の「木枯」には御出産と日嗣御子様の御誕生を象徴しながらその歌詞に心を込められる。

そしてこの御歌は「初」を結ぶ「初凩」と言う新しい歌詞により、初めての御出産で第一皇子様をお生みになられたことを暗示しながら、新しい歌詞「初凩」に后宮様からご当代の東宮妃殿下へと受け継がれてゆく第一の御子《みこ》様の御出産の尊厳を象徴した一首となってゆく。

仔馬

いくさ馬に育つ仔馬の歌ありて幼日《をさなび》は国戦ひてありぬ

昭和五十年

辞書

学《まな》び舎《や》にありし日かくも爪繰《つまぐ》りしこの辞書の頁《ページ》手に馴染《なじ》みあり

文化の日御兼題
昭和五十一年

赤い羽根

をとめなるひと日募金に立ちし日の駅前の日ざし思ひださるる

昭和五十四年

汐干狩り

貝採《と》りて遊びし干潟《ひがた》年を経てわが思ひ出の中にひろがる

昭和五十五年

雷

稲妻と雷鳴の間《ま》をかぞへつつ鄙《ひな》に幼くありし日日《ひび》はも

昭和六十年

風ぐるま

三月《さんぐわつ》の風吹き来たり美しく廻《まは》れ風《かざ》ぐるま遠き日のごと

昭和六十二年

焚火

疎《そ》開《かい》児《じ》のわれを焚《た》火《きび》に寄せくれしかの日の友ら今に懐かし

昭和六十二年

蛍

われら若く子らの幼く浜名湖の水辺に蛍追ひし思ほゆ

平成二年

本

大学の図書室の本それぞれの匂もちゐし懐かしみ思ふ

文化の日御兼題
平成三年

桐の花

やがて国敗《やぶ》るるを知らず疎《そ》開地《かいち》に桐《きり》の筒花《つつばな》ひろひゐし日よ

平成四年

影ぼうし

かの町はいづこなりしか電柱とわが影ぼうし長く曳《ひ》きゐし

平成四年

霜柱

シモバシラとふ植物ありとみ教へを賜《た》びし昭和の冬の日ありき

平成七年

# 未知

皇居・蓮池濠の枯れ蓮。

泳ぐ

泳ぎつつ又《また》すこやかになりしとふ未知なる老《おい》の手紙うれしき

平成五年

泳ぐことは楽しく心も清清しくなることに加え、泳ぎながらまた、身体が健やかになると言う未知の世界である老からの「手紙」の嬉しさを詠む御歌。

「老」は全ての人にとって精神・肉体の両面で衰える必ず到来するもの、これに対する恐怖から古来、不老不死のユートピアへの夢を描く伝承も生まれてきた。日本文学の『竹取物語』も永遠の時間を憧がれる物語で、平安時代に稀に長寿であった藤原俊成の九十賀に後鳥羽上皇は永久を願う賀歌「桜咲く遠山鳥のしだり尾のながながし日もあかぬ色かな」(『新古今集』)を詠み上げている。

「老」に向かって未知なるものと捉え、嬉しさをもって迎えられる后宮様ならではの〈「未知」なるものへの崇高さ〉を感覚する一首と言える。

# 第六章　平成

# 地球・人類・
# 悠久・宇宙・
# 日本

樹影を映す皇居・蓮池濠。

歌会始御題　星

幾光年太古《たいこ》の光いまさして地球は春をととのふる大地

昭和四十四年

幾光年の長い時を経なければ届かない太古の光が今、その天文学上の距離と時間を有して来た光が、現在に至って射し、ここ地球が無限の宇宙空間と時間の中で天に対する地上として春を整える大地となったことを詠む御歌。

「星」を題としての一首で、雪月花が伝統の日本文学で「星」を愛《め》でたのは感性の才女清少納言（『枕草子』二二九　星は）、そして初めて星の美しさを発見したのも女性歌人建礼門院右京大夫の「月をこそ眺めなれしか星の夜の深きあはれを今宵知りぬる」（『玉葉集』）であった。

この題に沿い、宇宙の中のひとつの星としての「地球」を悠久のスケールに構想しつつ、后宮様が生命誕生の季《とき》として尊重なさる「春」の「大地」に情趣も濃くする御歌である。

歌会始御題　海

岬みな海照らさむと点《とも》るとき弓なして明《あか》るこの国ならむ

昭和五十二年

日本国土各地の岬が全て、海を照らそうと灯火すると、その時、灯火によって弓形に明るく輝いてくるこの国の美しさを詠む御歌。「海」は実は、大和民族の誕生の源となったもので、『古事記』にも神武天皇が海神の娘玉依毘売命《たまよりびめのみこと》から生まれたとする神話が伝わり、天智天皇も『万葉集』に「海神《わたつみ》の豊旗雲に入日さし今夜《こよひ》の月夜《つくよ》さやけくありこそ」という倭歌を残している。

その「海」の中に灯火によって創られる日本の形が浮かび上がってくる時、古代の日本誕生から未来への輝きまでも印象化されてこよう。灯火によるイメージの世界で「この国」〈日本を讃美〉なさる一首である。

## 河口

河口《かこう》越えて更にも海を流れつぐ幾千《いくち》筋《すぢ》なる川あるを思ふ

昭和五十二年

一滴の湧き水からせせらぎとなり細い川から大河となって河口に至る川、その河口をもさらに越えて海を流れついでゆく無数な川があることを思う御歌である。

日本人にとり「川」は、単に水路ではなく古来所も姿も変える生きもの、そこから流れの先を想うもので、『古事記』にも大蛇を退治して出雲《いづも》国の肥《ひ》の河上に行先を視《み》る須佐之男命《すさのおのみこと》が伝わり、陽成院の「筑波嶺《つくばね》の峰より落つるみなの川恋ぞ積りて淵となりける」（『後撰集』）も川の生態を詠む王朝和歌。

伝統的に行く手を想う「河口」をひとつの国の流れの終局点でありながら、地球全体への出発点とも捉えての、グローバルな地球視野による「川」の一首となる。

## 明星

雲もなく明星の光さやかなるこのあかときの園の静けさ

天皇陛下御誕辰御兼題
昭和五十四年

ひとつの雲もなく、東の方の天から明星の光が清清《すがすが》しいこの暁《あかつき》時の、園の静寂の御歌である。

「さやか」は今上帝のお歩みを詠まれる「君が歩み遠く来ませり一筋のさやかにつづく道とし思ふ」（平成四年）や、東宮様のご結婚を祝す「たづさへて登りゆきませ山はいま木木青葉してさやけくあらむ」（平成五年）の御歌のとおり、后宮様が最も高雅な清澄と感覚された美を表わす貴重な歌詞《うたことば》となるもの。

徐徐に夜が明け、白い光が射し始めて次第に白みゆく空から「さやか」に象徴される神神しい光の空間に静かさが融合する世界は、「浄闇《じやうあん》に遷《うつ》り給ひてやすらけく明けそむるらむ朝《あさ》としのびぬ」（昭和四十九年）に込められるご祈願にも繋がる〈聖なる世界〉の一首となろう。

歌会始御題　緑

ココ椰子《やし》の緑の上に大いなるアフリカの空あした燃えそむ

昭和五十九年

熱帯特有の高いココ椰子の木、また同じく熱帯特有の鮮やかに大きな葉の緑色、その上を見上げると高く大きなココ椰子の上に広がる無限なアフリカの空、その空が今、まるで燃え始めるように映る赤色の動きを詠む御歌。

題の「緑」は后宮様が最も愛でられ、さまざまなその美を詠まれる色で、王朝和歌でも「おしなべて五月の空を見わたせば水も草葉もみな緑なり」（『古今和歌六帖』）から伝統となり、同集では「色」部に「みどり」が一項目に立てられるほどに日本的な色であった。

その「緑」を、現代の、日本とは全く異なる気候の、アフリカならではの広大無辺な地上から天空への中に、どこまでも拡大してゆくスケールで詠まれた雄大にも雄大な御歌である。

初日

やがて出《い》づる日を待ちをればこの年の序章《じよしやう》のごとく空は明けゆく

平成四年

新しい年への元日を迎え、闇の中からやがて出てくる初日を拝そうと待っていると、この年の始まりを飾り新年へ誘《いざな》うように春の初空が明けてゆく、その神神しさを詠む御歌である。

題の「初日」は元旦に改まった心で拝する朝日で、古代から日の神である天照大神の御霊代《みたましろ》を仰ぎ慕う太陽信仰により、いわゆるご来光を奉ってきた日本人の心を象徴する詞と言えよう。王朝和歌にもその心を詠む「もろ人の祈る千歳を集めてもなほ数知らぬ春の初空」（『夫木抄《ふぼくしよう》』）が伝わる。

古代からの自然信仰を象徴する「初日」に民と国の平安と平穏の祈念を込めながらも、平成の御代に入って特定の対象を表わして后宮様が多くお使いになられる歌詞「この」で、より深く今年への願いを託された〈聖なる天空〉の一首であろう。

## 門松

門松《かどまつ》に初日《はつひ》とどきて明けそむる国内《くぬち》の春のすがしくあらむ

平成八年

新しい年を迎える日に入り、各家家の門口に立てられ飾ってある門松にも徐徐に射してきた元旦の初日が届いて、いよいよ新年が明け始める、その明け始めた国のすみずみまであまねく全ての春が清清しくあってほしい、との、初春を迎えた日本国中への祈念の御歌。

「門松」は本来に、千年の齢《よわい》を保つ伝説にちなみ新年に長寿を願って飾った年神の来臨する依り代であった。平安時代には民間の風習としても新年の家家に飾るようになり、「門松を営み立つるそのほどに春明けがたに夜やなりぬらむ」(『堀河百首』)とも詠まれた。

后宮様が清澄な美を表わす「すがし」に、初日と新春のお慶びと共に、国中への平安のお祈りを込められたまさしく、古代から伝わる后宮様ならではの国見の御歌とも言える一首である。

歌会始御題　川

赤色土《テラ・ロッシャ》つづける果ての愛《かな》しもよアマゾンは流れ同胞《はらから》の棲《す》む

ブラジル
昭和四十三年

高松塚古墳

いかならむ皇子《わうじ》や眠りいましけむ闇に星宿《せいしゆく》の図ある石槨《せきくわく》

昭和四十七年

日向

この国に住むうれしさよゆたかなる冬の日向《ひなた》に立ちて思へば

昭和五十七年

島

日を待ちて星の一つとなりてとぶロケット見をり島風のなか

種子島宇宙センター
昭和五十八年

島

対馬《つしま》より釜山《ふざん》の灯《あかり》見ゆといへば韓国の地の近きを思ふ

平成二年

シャトル

名を呼ぶはかくも優しき宇宙なるシャトルの人は地の人を呼ぶ

シャトルと地上の交信のさまを新聞に読みて
平成四年

歌会始御題　空

とつくにの旅いまし果て夕映《ゆふは》ゆるふるさとの空に向ひてかへる

平成五年

歌会始御題　歌

移り住む国の民とし老いたまふ君らが歌ふさくらさくらと

平成七年

百武彗星

彗星《すいせい》の姿さかりて春深む地にハナニラの白き花咲く

平成八年

歌会始御題　姿

生命《いのち》おび真闇《まやみ》に浮きて青かりしと地球の姿見し人還《かへ》る

平成九年

宇宙飛行士帰還

夏草の茂れる星に還り来てまづその草の香を云ひし人

平成二十一年

「はやぶさ」

その帰路に己れを焼きし「はやぶさ」の光輝《かがや》かに明かるかりしと

平成二十二年

# 光

散策される天皇皇后両陛下。平成21年2月5日

紺青

いづくより満ち来しものか紺青《こんじやう》の空埋《うづ》め春の光のうしほ

天皇陛下御誕辰御兼題
昭和三十七年

春の明るく鮮やかに清新さ溢れる紺青の空、そこに一体どこから満ち来たものであろうか、との、その紺青の空を埋めてゆく春の光の潮のようなダイナミックな動きの景を詠む御歌である。

「春の光」は本来に「春の色」と共に、長い冬を終え空気も和らぎ始めては、心もほぐれ始める春爛漫の花盛りの頃の景を表わし、王朝和歌にも「のどかなる春の光に松島や雄島のあまも袖や干すらむ」（『秋篠月清《あきしのげつせい》集』）と詠まれた。

后宮様がこの御歌の三年後に「春潮」題で詠まれる「水平線やはらぎふふみそそぎ来るこの黒潮の海満たすとき」（昭和四十年）に先駆けて、無限な紺青の空に溢れる光を、迫り来るように流麗に「光のうしほ」とイメージして構成された一首になろう。

湖

果《はて》の地の白砂《はくさ》のさ中空の青落ちしがに光る湖《みづうみ》ありき

アフガニスタン　バンディアミール湖
昭和四十七年

アジア大陸の、その果ての地の白砂の真中、白い砂がどこまでも広がっている白い景の真中に、その地らしい空の青色がそのまま落ちたかのように光る湖の「青」色の美を詠む御歌である。

アフガニスタンはアジア南西部の高原状の内陸国で、そこにある「バンディアミール湖」（奴隷たちの湖・おそれの湖・チーズの湖・ハッカの湖・アリの剣の湖・馬丁の湖）は、「砂漠の真珠」ともたとえられる六湖（他に枯渇した一湖）の総称と言われる湖。

眼前に無限となる白の平面と青の空間、その白色の真中に存在する空間の青色がそのままとなる円形の雄大な色の景が果てしない。真白の中に在る青が光り輝やく美を「青落ちしがに光る」と象徴なされた、色と光との、〈地上と天空との世界〉の一首となろう。

末枯れ

移りゆく車窓の野辺は末枯《うらが》れて種子《たね》も羽虫も光りつつ飛ぶ

昭和五十三年

車の窓から見る風景が走行に沿って移ってゆき、末枯れた野辺の中を飛ぶ種子や羽虫やも透明感ある輝きで飛びゆくスピード感を詠む御歌。

「末枯れ」は秋の末に葉先や枝先が枯れる風情で、王朝の「色変はる露をば袖に置きまよひうら枯れて行く野辺の秋風」（『新古今集』）はその本意を詠む俊成卿女の秀歌であろう。

冬枯れに向かって色を失ない生命感を消し去ってゆく景にあって、光る羽虫の飛行が后宮様のお乗りになる車の走行との相乗効果で一層に〈飛行感〉を増し、印象を鮮明にしてゆく。平成二十一年に詠まれる「生命《いのち》あるもののかなしさ早春の光のなかに揺り蚊《ユスリカ》の舞ふ」に象徴される、小さな命が光に舞う尊さに繫がってゆく一首と言える。

## 大空

柔かき光たたふる大空に君を祝《ほ》ぐ声立ち上《のぼ》りゆく

天皇陛下御誕辰御兼題
平成六年

穏やかにゆったりとした柔らかい光を全体に溢れさせている高く広い大空、その大空に今上帝を祝って大空のどこまでも高く広く立ち上ってゆく声を詠む御賀歌である。

空の光に帝を言祝《ことほ》ぐ賀歌は、醍醐天皇の皇子がご誕生なされた寿ぎの「峰高き春日の山にいづる日は曇る時なく照らすべらなり」（『古今集』）や、堀河院の大嘗会《だいじようえ》御禊《ごけい》の「君が代の千年の数も隠れなく曇らぬ空の光にぞ見る」（『新古今集』）と、王朝和歌以来の伝統となる慶びの心。

そしてこの御歌は、后宮様の多くの御歌でさまざまに表現なさる「光」に象徴される両陛下の理想や希望が輝やき、「幸《さき》くませ真幸《まさき》くませと人びとの声渡りゆく御幸《みゆき》の町に」（平成十六年）に生きる国民の「声」までもが「光たたふる大空」に融合してゆく一首となろう。

皇居東御苑、ヤブガラシの花に舞うアオスジアゲハ。

歌会始御題　春

光返《かへ》すもの悉《ことごと》くひかりつつ早春の日こそ輝かしけれ

平成十四年

燦燦《さんさん》とふり注ぐ春の光、その光に照り返す全ての光、空間全体が光だけに輝やく早春の慶びの御歌である。

「光」は后宮様が特別の喜びや希望を象徴して表わされる歌詞で、昭和三十七年にも空に溢れる「春の光」を「いづくより満ち来しものか紺青《こんじやう》の空埋《うづ》め春の光のうしほ」と詠まれている。また「春」も昭和四十四年御歌「幾光年太古《たいこ》の光いまさして地球は春をととのふる大地」のように、后宮様には光をあびて生命が生まれ出ずる季節となる季《とき》。

ふり注いでは照り返す、無限に交錯する光の空間に、地球から宇宙までの永遠が生き続けている、まさしく「輝かし」い、后宮様独創の一首と言える。

歌会始御題　生

生命《いのち》あるもののかなしさ早春の光のなかに揺り蚊《ユスリカ》の舞ふ

平成二十一年

早春の光の中に舞う儚《はかな》い揺り蚊、そのささやかな命へのお慈《いつく》しみを詠まれた御歌である。

后宮様はこの御歌より約三十年前に「移りゆく車窓の野辺は末枯《うらが》れて種子《たね》も羽虫も光りつつ飛ぶ」（昭和五十三年）を、約二十年前には「水の辺《べ》の朝《あした》の草の光るうへ熨斗目《のしめ》とんぼは羽化《うくわ》せしばかり」（昭和六十二年）を詠まれていて、小さな命が光の中で生きる美しさをひとつのテーマともなされている。そして「かなし（愛《かな》し）」は后宮様が親王様・内親王様を慈しまれる時の表現。

新しい「生」が誕生する「早春」の「光のなか」に「生命《いのち》」をいとおしむ、〈透明にも生命讃美〉の一首と言える。

虹

降《ふ》り止《や》めばその度《たび》毎《ごと》に惜《を》しみなく虹かかりたりオークランドの空

昭和五十三年

歌会始御題　橋

橋ひとつ渡り来たれば三月のひかりに見ゆる海上の都市

ポートピア
昭和五十七年

蜻蛉

水の辺《べ》の朝《あした》の草の光るうへ熨《の》斗《し》目《め》とんぼは羽《う》化《くわ》せしばかり

昭和六十二年

光

ワシントンの未《み》明《めい》の空に一筋の光あり天の川かと仰ぐ

昭和六十二年

夕空

夕《ゆふ》の空あやしきまでの色なせる紫光現象たまさかに見し

昭和六十三年

しゃぼん玉

思はざる気流のあらむ光りつつしゃぼん玉ひとつ空に見えをり

平成元年

御即位の日　回想

人びとに見守られつつ御列《おんれつ》の君は光の中にいましき

平成二十一年

# 平和

サイパンの「バンザイクリフ」のがけに臨み、黙礼する天皇皇后両陛下。
平成17年6月28日

ニュース

窓開《あ》けつつ聞きゐるニュース南アなるアパルトヘイト法廃されしとぞ

平成三年

部屋の窓を開けながら聞きいっていたニュース、それは国民の大多数を占める黒人に対して一部分の白人が絶対優位の人種差別政策をとっていた南アフリカ共和国のアパルトヘイト法が撤廃されたとか、まさにそのニュースであったことを詠む御歌である。

今上帝との贈答歌も含み、后宮様が人生や精神に特別の意味をもたらす折りに詠まれる歌詞「窓」を通して、刻一刻と変化する世界情勢が伝わってきた。

その、アパルトヘイト法廃止により、いかなる人種・民族・性による差別もなく、人間の尊厳が尊重される国際社会への進歩を詠む、平成の御代《みよ》に入られてから鮮明に高らかに謳い上げるように表わされた新しい歌風による一首となろう。

天皇陛下御還暦奉祝歌

平和ただに祈りきませり東京の焦土《せうど》の中に立ちましし日より

平成六年

「平和」、それを御一心にお祈りなされていらした今上帝への御奉祝の御歌。

后宮様はご成婚直後に「てのひらに君のせまし桑の実のその一粒に重みのありて」（昭和三十四年）を詠まれてからおよそ二十年後、まるで桑の実一粒の重みを解き明かすような「くろく熟《う》れし桑の実われの手に置きて疎開《そかい》の日日を君は語らす」（昭和五十五年）と詠まれる。今上帝が初めより常に語られていらしたことは、后宮様もご体験なされた〈戦争〉と言うもの、それが人人にもたらす現実であった。

この御歌は「平和」を初句に高揚して御一念にそれを御祈念なされていらした今上帝への御讃歌、そしてその中に両陛下が御希求なされる理想社会が明示される貴重な一首なのである。

還暦を前に宮殿のベランダから皇后さま、紀宮さまとともに庭を見る天皇陛下。
平成5年12月14日

## 虹

喜びは分かつべくあらむ人びとの虹いま空にありと言ひつつ

平成七年

古来、神聖さをもって美しく輝やいてきた空に掛かる七色の虹、そこに理想を想い、人人と共にそこへ向かって共有する喜びを分かち合って生きることを提唱する御歌。

この御歌は「つねに国民と共に」でも拝見したが、后宮様がご希願なさる「平和」の在り方のひとつとも受けとめられる御歌のため、このテーマからも拝見させていただく。

后宮様は近代の大戦で命を無常とした全ての人人への魂鎮めから、そういう事のない社会への祈りまで、そして国難となる災害の度毎に、国民の平安を案じ願う多くの御歌を詠まれている。それこそは御国母様ならではとなる御歌なのである。それらの中で、対象の美しい夢を「分かつべくあらむ」社会へ、稀に喜びを共にし、夢に向かって共存してゆくお心を詠まれるこの御歌は、次代社会への在り方として大切にさせていただきたい一首なのである。

# 豊年

この年の作況《さくきやう》指数《しすう》百越ゆと献穀《けんこく》の人ら明るく告ぐる

天皇陛下御誕辰御兼題
平成七年

献穀の人人が明るく告げるこの年の「豊年」と、それがもたらす慶賀を詠む御歌である。

この御歌も先に拝見しているが、農耕国日本にとって人間存在の営みから魂の世界への導きともなる本来のテーマを持つため、再度拝見させていただきたい。

稲の豊作こそが国家と国民に安定をもたらした日本では、古代においても早稲《わさ》を神に感謝する民間行事「贄《にえ》」が行なわれ、宮中でも陰暦十一月の中の卯《う》の日に天皇自ら神嘉殿《しんかでん》で新米などを神に供える「新嘗祭《にいなめのまつり》《しんじようさい》」が、特に新帝即位の年には「大嘗祭《おおなめのまつり》《だいじようさい》」が行なわれてきていて、それは今も最も重要な祭祀となるもの。

日本の全ての源となってきた〈豊饒〉をお慶びなさる后宮様のこの御歌は、日本と日本人が平和に在り続けることへの根源的意味が生きる、本質となる一首なのである。

植樹祭

初《はつ》夏《なつ》の光の中に苗木植うるこの子供らに戦《いくさ》あらすな

平成七年

希望の輝やきも眩《まぶ》しい首夏《しゆか》の光の中、これから生長する苗木を植え、同じく将来の日本を生きる子供たちに〈戦争を否定〉する御歌。

平成の御代《みよ》を迎えての后宮様の御歌は、歌詞にも表現にも理想を明示なさる歌風に大きく飛翔されていて、この御歌はその最もの一首。平成三年御歌「湾岸の原油《げんゆ》流るる渚《なぎさ》にて鵜《う》は羽搏《はばた》けど飛べざるあはれ」には湾岸危機への悲しみが漂っていたが、この御歌に至っては〈否戦〉と言うべきテーマが強く表現されてくる。そしてそれはこの年、終戦後五十年の植樹祭が広島県で行なわれた事と合わせてより重厚になる。

日本人と日本が直面した絶望から必然に生まれ出でた戦争への抗抵の、大事な一首である。

広島で開催された第46回全国植樹祭に参加された皇后陛下。平成7年5月21日

ベルリン

われらこの秋を記憶せむ朝の日にブランデンブルグ門明《あか》るかりしを

平成元年

地図

あたらしき国興《おこ》りけり地図帳にその新しき国名記す

ソビエト、東欧に政変はげしき頃

平成二年

湾岸危機

湾岸の原油《げんゆ》流るる渚《なぎさ》にて鵜《う》は羽《は》搏《ばた》けど飛べざるあはれ

平成三年

鳥渡る

秋空を鳥渡るなりリトアニア、ラトビア、エストニア今日独立す

平成三年

# 第七章

# 東宮妃殿下の〈窓〉・后宮様の〈道〉

# 東宮妃殿下の〈窓〉

皇太子ご婚約。提灯行列の人たちに自宅のベランダから応える正田美智子さん。
昭和33年12月1日

新宮殿初の国民参賀に聖上を拝し奉りて

幸むねに仰《あふ》ぎまつれり大君の新高殿《にひたかどの》に立たせ給へる

昭和四十四年

昭和天皇を御主様となさる新宮殿が完成し、その御高殿にお立ちあそばされまして国民の参賀をお受けになられる聖上を拝し奉り上げ、新しい宮殿に敬《うやま》い申す大君が今、新宮殿にお立ちあそばす大慶をお詠みなさる御歌である。

「新宮殿」は「威厳より親愛、荘重より平明」を基本理念として、昭和四十三（一九六八）年十一月十四日に落成した昭和宮殿。

戦後の荒廃から日常を取り戻し、新しい理念の天皇の存在のもとで繁栄に入ってゆく日本にあって、昭和天皇を「聖上」「大君」との最高敬意をもって仰がれ、細やかにも細やかな敬語を使い分けられながら、象徴天皇のお姿が描かれてゆく。その中に、東宮妃殿下として民と共にあられる次代への美智子様のお姿も髣髴とされる一首であろう。

明治神宮御鎮座五十年にあたり

ふり仰ぐかの大空のあさみどりかかる心と思《おぼ》し召しけむ

昭和四十五年

明治天皇御鎮座五十年にあたり、その御代《みよ》に明治天皇がお詠みあそばされた御製《ぎょせい》の御心を敬い、時が移り社会も変化したが、高く上方を仰いで見るあの大空の美しい浅緑色の広さに、明治天皇の御心をお詠みなさる御歌である。

この御歌は明治天皇の御製「あさみどり澄みわたりたる大空の広きをおのが心ともがな」を本歌とし、初句「あさみどり」を新歌三句へ、三句「大空の」を二句へ摂り、本歌の一人称表現「おのが心」を新歌で「かかる心」と対象化した本歌取の方法による詠歌。

本歌取に拠ってまで詠まれたこの御歌は、「ふり仰ぐ」「かかる心」に込められた后宮様の明治天皇への深い御崇敬が余情となりながら、明治天皇がお望みなされた大御心をご志向なされる后宮様のお心も顕れている大切な一首と言える。

## 去年今年

去年《こぞ》の星宿《やど》せる空に年明けて歳旦祭《さいたんさい》に君いでたまふ

昭和五十四年

去年の星がまだ宿っている空に年が明けて、ひと続きの一夜でありながら明けては新年の今年となり、本来に元日の朝の意をもつ歳旦の日、今上帝が皇祖・天神地祇を祀り、五穀豊穣から国民の平安を祈る歳旦祭にお出ましあそばすことをお詠みなさる御歌。

「去年今年《こぞことし》」は王朝和歌でひと続きの二日でありながら前日を「去年」、新しい日を「今年」と詠む大きなテーマで、「いかに寝て起くる朝《あした》にいふことぞ昨日《きのふ》を去年《こぞ》と今日《けふ》を今年と」(『後拾遺集』)はその典型である。

伝統のテーマで歳旦祭にお出ましなさる帝をお詠みなされる中に、お送りなさる后宮様のお姿もお心も髣髴と余情となり、歳旦の朝に国民の安寧を御祈り下さる帝への敬慕の情が湧き立つ御歌であろう。

薫る

母宮の生《あ》れましし日もかくのごと光さやかに桃薫《かを》りけむ

皇后陛下御誕辰御兼題
昭和五十四年

母宮様・香淳皇后がお生まれになられた日をさやかな光と薫る桃でイメージの中に描く御歌である。

香淳様は明治三十六年、桃花も薫る三月六日にお生まれになり、入内《じゅだい》なされてからは「桃」をお印とし、御画集も『桃苑画集』となされている。中国では古来、桃を子孫繁栄や理想像の象徴とし、上巳節句《じょうしのせっく》でも神聖な花と崇めて来た。その心は日本でも尊ばれて、王朝和歌でも三千年に一度咲く西王母《せいおうぼ》の園の伝説も加えて「三千年《みちとせ》になるてふ桃の今年より花咲く春にあひにけるかな」（『拾遺集』）と慶賀の花と愛でたもの。

神聖にも艶やかな、紅色の桃花と馥郁とした薫りの中に香淳皇后をお祝いなさる優美で典雅な一首であろう。

桃は、香淳皇后のお印だった。

夜寒

新嘗《しんじやう》のみ祭果てて還《かへ》りますす君のみ衣《ころも》夜《や》気《き》冷《ひ》えびえし

昭和五十四年

農耕が民と国の幸いから精神の在り方、思想までの源である日本にとって、宮中祭祀で何より大切な新嘗祭《にいなめのまつり／しんじようさい》を終えられて御所にお還りあそばされた今上帝の御衣が、夜になってからの外気に冷えびえとしていたことをお詠みなさる御歌である。

「夜寒」は晩秋の夜分に感じる寒さやその風情が趣となり、王朝和歌でも「衣」と合わせて「庵むすぶ早稲田《わさだ》の鳴子《なるこ》ひきかへて夜寒になりぬ露の衣手」（『玉葉集』）と残る。

「君のみ衣夜気冷えびえし」に夜寒の中で国の豊饒を神に御祈願なさる今上帝のお姿も髣髴としながら、その御方を思われる后宮様のお心も余情となっては、国民の心にも自然に感謝の思いが湧き立つような、「去年《こぞ》の星宿《やど》せる空に年明けて歳旦祭《さいたんさい》に君いでたまふ」（昭和五十四年）とも共通する荘厳な重厚さの一首であろう。

6月にご自分で植えた稲を刈る天皇陛下。皇居にて。平成元年10月6日

二月二十三日浩宮の加冠の儀　とどこほりなく終りて

いのち得て　かの如月《きさらぎ》の　夕《ゆふべ》しも　この世に生《あ》れし
みどりごの　二十年《はたとせ》を経て　今ここに　初《うひ》に冠《かうぶ》る
浅黄《あさぎ》なる　童《わらは》の服に　童かむる　空頂黒幘《くうちやうこくさく》
そのかざし　解き放たれて　新《あら》たなる　黒き冠《かがふり》
頂《いただき》に　しかとし置かれ　白き懸緒《かけを》　かむりを降《くだ》り
若き頬　伝ひつたひて　顎《あぎと》の下　堅く結ばれ
その白き　懸緒《かけを》の余《あまり》　音さやに　さやに絶たれぬ
はたとせを　過ぎし日となし　幼日《をさなび》を　過去とは為《な》して
心ただに　清らに明《あ》かく　この日より　たどり歩《あゆ》まむ
御《み》祖《おや》みな　歩み給ひし　真《ま》直《すぐ》なる　大きなる道
成年の　皇子《みこ》とし生くる　この道に今し　立たす吾子《わこ》　はや

昭和五十五年

浩宮さま成年式。皇居宮殿・長和殿春秋の間での加冠の儀。昭和55年2月23日

東宮様が成年皇族となられた「加冠の儀」に臨まれ、御誕生からその日までの回想と、平安朝以来続いてきた宮廷儀式とを、まるで王朝絵巻のように展開させながら、その時よりお歩まれ始める「真《ま》直《すぐ》なる　大きなる道」への御将来をお望みなされた御長歌である。「いのち得て　かの如月《きさらぎ》の　夕《ゆふべ》しも　この世に生《あ》れし　みどりご」から浩宮徳仁親王殿下の二十年が想い出されてゆく。そして「今ここに」始まる「初冠《うひかうぶり》」の儀式が王朝以来の様式の中で描かれては、白い懸緒《かけを》が「音さやに　さやに絶たれ」て澄みきった静寂の殿中に清明な音が響き、親王様の御成年が伝えられる。その時「心ただに清らに明《あ》かく」在りながら「真直《ますぐ》なる　大きなる道」を歩み行く次代が示され、「成年の　皇子《みこ》とし生くる　この道に今し　立たす」に至って今、この時、成年皇族としてお立ちになったことが鮮明となってゆく。

今上帝と后宮様の第一皇子が公《おおやけ》にも公に、歴史上の様式を踏まえて成年皇族となってゆく儀式のひとつひとつが、絵巻をめくるにつれて色も形も音も伝わってくるようであろう。

そして最後の一句、「はや」、直前からの「吾子《わこ》　はや」で絵巻は一変、私《わたくし》としての母から子への「わが子、あゝ、何と」の詠嘆で感動は頂点に達する。

王朝絵巻の終焉、「吾子《わこ》　はや」によって公私《こうし》共に歴史的となる、東宮殿下御成年の御慶賀を詠まれた至高の御長歌なのである。

反歌

音さやに懸緒《かけを》截《き》られし子の立てばはろけく遠しかの如月《きさらぎ》は

昭和五十五年

成年皇族となる儀式の中で音も清明に懸緒《かけを》が截《き》られては、その音も透明に響き渡り、成年となった「子」が今、目の前に立っている姿をご覧になり、ここまで成人したお喜びと感慨の中で、第一皇子浩宮徳仁親王殿下が御誕生なされたあの如月二月の日も遥かに遠くなってゆくことを詠まれた御歌である。

先の御長歌から続いて、御長歌の最ものテーマを短歌形式で詠む反歌となる一首。

その反歌としての意匠からは、御長歌「二月二十三日浩宮の加冠の儀　とどこほりなく終りて」に謳われた冒頭「いのち得て　かの如月《きさらぎ》の　夕《ゆふべ》しも　この世に生《あ》れし　みどりごの　二十年《はたとせ》を経て」から結句「吾子《わこ》　はや」に込めた御母后《ははきさい》様となされての私《わたくし》的なご心情溢れる御歌と言えよう。

明治神宮御鎮座六十年にあたり

みちのくも筑紫《つくし》の果《はて》も成りましぬ道難《かた》かりしかの御代《みよ》にして

昭和五十五年

明治天皇が明治神宮に御鎮座あそばされて六十年にあたり、近代国家日本に入ったばかりの、未だ新しい天皇の「道」をお進みなされるのも困難な御代《みよ》にあって、明治天皇が北の陸奥国の果てから南の筑紫の国の果てまでも、日本の北から南まで全土にわたり新しい社会をお成しあそばされたことをお詠みなさる御歌である。

「道」は后宮様が特に本質的な意味を込める歌詞で、東宮様の加冠の儀にも「御祖《みおや》みな　歩み給ひし　真直《ますぐ》なる　大きなる道」（昭和五十五年）と詠まれたとおりの、歴代天皇が歩むべき所や在るべき姿を象徴する詞となろう。

この御歌も常に変動する社会にあって永遠普遍となる帝の在り方を、明治天皇への深い御崇敬の中でお求めになられる御歌なのである。

## 田植

みてづから植ゑ給ひける早苗《さなへ》田《だ》の今年の実り豊かにあらむ

昭和五十七年

帝御自らがお手植えなされる早苗の、その早苗が植えられた田から生長してゆく今年の実りの豊かなことをご祈願なさる御歌。『日本書紀』で日本国が「豊葦原瑞穂国《とよあしはらのみつほのくに》」と美称されるとおり、日本と日本人にとって稲作は国の形から在り方にまで繋がるもの。王朝人もその稲作での「田植」を「時過ぎば早苗もいたく老いぬべし雨にも田子はさはらざりけり」（『貫之集』）と詠み、さらに現代でも昭和二年より農業奨励のために皇居内に作られた水田「御田《みた》」で天皇陛下御自らがお田植えを行なっていらっしゃる。

古代から日本の柱となる〈豊饒〉をご祈念なさり、ひいてはそれがもたらす民と国との安定から豊かさまでをご祈願なさる、后宮様ならではのお立場の本質的一首である。

昭和四十四年に植樹祭のおこなはれし地にて
御製「頼成もみどりの岡になれかしと杉うゑにけり
人びととともに」なる御碑を拝して

み手植ゑの杉を抱《いだ》きて頼成《らんじやう》は緑の森となりて栄ゆる

昭和五十八年

頼成《らんじよう》も緑の岡になってほしいものよ、と、時の帝（昭和天皇）が人人と共に杉をお手植えになられた、その植樹祭に植えられたお手植えの杉を今に抱かれて、今となって頼成は岡から緑の森となり、帝のお手植えの杉がみ栄となっている御慶賀をお詠みなされた御歌。

御歌は昭和天皇御製「頼成もみどりの岡になれかしと杉うゑにけり人びととともに」の「頼成」（富山県の県民公園）をそのまま新歌の歌詞とすることで本歌取を明らかにしながら、「みどりの（岡）」を「緑の（森）」へ、「なれ（かし）」を「なり（て）」に、「杉うゑにけり」を「み手植ゑの杉」に変化させて時間的経緯を持たせつつ、生長した杉を象徴する詠法である。

昭和天皇お手植えの杉が緑の森となったみ栄に、御当代の繁栄を御慶賀なさり、その御代の末長いことを寿ぐ御祈願の一首と言える。

## 聖上御退院

み車の運び静けし天足《あまた》らすみいのちにして還《かへ》り給ひぬ

昭和六十二年

聖上（昭和天皇）をお乗せ奉る御車の運びも流れるような静寂である、その静かに運びゆく御車に御退院なされた聖上はお乗りあそばされていらっしゃり、満ち足りておられる御命にて御所にお還りあそばされた御慶賀の御歌である。

古く『万葉集』に天皇の御命の満ち足りる御寿ぎを詠む「天原《あまのはら》ふりさけ見れば大王《おほきみ》の御寿《おほみいのち》は長くてたれり（あまたりしあり）」が見られて、この御歌にも伝統の「天足らす」「みいのち」と言う表現が生きている。

御病から御快癒なされ、満ちたりる御命でお還りなされた昭和天皇への御寿ぎを、「聖上御退院」の詞書で、深いお思いと高いご崇敬にお詠みなされた千代へのご祈願のお心が静かに生きている御歌と言えよう。

星

除夜の鐘ききつつ開くわが窓に平成二年の星空明《あか》し

平成二年

平成の御代になりつつも昭和天皇の諒闇の一年、その年も過ぎようとする大晦日の夜の除夜の鐘を聞きながら開く后宮様の〈窓〉の、新しい時代へ誘《いざな》うような明るい星空を詠む御歌。

〈窓〉、それはご婚約ご内定後に今上帝が贈られた御製「語らひを重ねゆきつつ気がつきぬわれのこころに開きたる窓」からの歌詞として、后宮様が特別の意で表わされる歌詞である。そして美智子様が詠まれた多くの〈窓〉の御歌は今上帝との恋歌の贈答歌ともなり、さらにそれらがお二人の恋の歌物語も綴っている。

后宮様が今上帝とごいっしょにご希求なされてきた次代社会が、いよいよ「除夜の鐘ききつつ開く『わが〈窓〉』」から始まってゆく。

旗

この日々を旗波の中旅ゆかすおほみほほ笑みしのび過ごしぬ

天皇陛下御誕辰御兼題
昭和四十一年

匂

母宮のみ旅の記事に心なごむにほひやかにも桃咲くあした

皇后陛下御誕辰御兼題
昭和四十六年

空港

アラスカの空港の室《しつ》ゆかに打たれし金《きん》板《ばん》は大君の玉《ぎよく》歩《ほ》しるせり

金板は昭和天皇の御訪米を記念す
昭和四十九年

春風

春風の中にわが思ふ母宮も御《み》園《その》生《ふ》のうち歩みまさむか

昭和五十七年

論文

論文の成《な》るたび君が賜《たま》ひたる抜刷《ぬきずり》の数《かず》多くなりたり

昭和五十七年

桃

この年のこのよき春の紅《あか》き桃君みよはひを重ね給へり

皇后陛下御誕辰御兼題
昭和六十一年

スキー

早朝に君が滑りしスキーの跡《あと》茜《あかね》に染めて日は昇り来ぬ

昭和六十二年

明治神宮鎮座九十年

窓といふ窓を開きて四方《よも》の花見さけ給ひし大御代《おほみよ》の春

平成二十二年

正田家で行われた「告期の儀」。三谷侍従長が「結婚の儀」を「4月10日に行う」と伝えた。
左から三谷侍従長、父英三郎さん、母富美子さん、美智子さん。昭和34年3月16日

# 后宮様の〈道〉

平成２年11月12日、皇居で行われた即位の礼「正殿の儀」に臨む皇后美智子さま。

明治神宮御鎮座七十年にあたり

聖《ひじり》なる帝《みかど》に在《ま》して越《こ》ゆるべき心の山のありと宣《の》らしき

平成二年

明治天皇がお詠みになられた「静かにある心の奥に必ず越えなくてはならない千年の山があると聞け」と言う御製から、聖である帝におわしまして明治天皇が「越えなければならない千年の心の山が在る」と仰せになられたことをお詠みなさる御歌である。

后宮様は「明治神宮御鎮座五十年・六十年」にあたり御歌（昭和四十五年・五十五年）を詠まれていらして、この御歌は同じく七十年にあたり御製「しづかなる心のおくにこえぬべき千年《ちとせ》の山のありとこそきけ」を本歌として、そのテーマを新歌の「宣《の》らしき」内容へ生かした一首。

五十五年御歌の、帝としてのお歩みを象徴する「道」と共通する「こえぬべき千年《ちとせ》の山」に表わされる「心のおく」に存在する、普遍なるものへの御継承を詠まれた御歌と言える。

## 旬祭

神まつる昔の手ぶり守らむと旬祭《しゅんさい》に発《た》たす君をかしこむ

平成二年

帝が帝として在る最も大切な祭祀、同時に日本の歴史で代代の帝方によって受け継がれ脈脈と生き続けてきた祭祀の慣わし、そのように神を奉り受け継がれてきた古《いにしえ》からの様式を守ろうと、各月一日に国の無事を御祈願なさる旬祭にお発ちあそばされる今上帝を、畏れ多く、思い深める畏敬の念をお詠みなさる御歌。

「旬祭」とは毎月一日、十一日、二十一日に行なわれる御祭祀で、天皇陛下は通常各月一日の祭祀にお出ましの上、国の無事を御祈願あそばされる。

旬祭の度に国の平穏を御祈願なさる今上帝への感謝や、そのような帝をいただく民としての嬉しさを抱かせていただきながら、さらに后宮様のその今上帝への畏怖の念を通して、国民としての思いも一層に深くする一首と言える。

## 平成

# 平成の御代《みよ》のあしたの大地《おほつち》をしづめて細き冬の雨降る

平成二年

平成の御代をお迎えなされてのその「朝《あした》」、この国の大地を鎮《しず》める雨が天から降り注ぐ大慶を詠まれた御賀歌である。

宮廷和歌において永久を祝っては「君《きみ》が代《よ》は千代ともささじ天の戸や出《い》づる月日の限りなければ」（『新古今集』）と、月・日の運行へ祈る伝統も尊ばれてきた。この信仰に加え、後白河法皇皇女の式子内親王の国中に降る雨で大地から芽ぐむ生命に、法皇と後鳥羽上皇の御代の永遠を祈願する「天の下めぐむ草木のめもはるに限りも知らぬ御代の末々」（『新古今集』）が、内親王ならではの賀歌であった。

王朝和歌に生きる祈念を深い余情とし、新しい御代の繁栄と安定を御寿ぐ〈美しく聖なる〉一首であろう。

## 平成

長き年《とし》目に親しみし御衣《みころも》の黄丹《わうに》の色に御代の朝《あさ》あけ

平成二年

先の一首から続いて「平成の御代《みよ》」を迎えるに、長い年月にわたり目に親しみをもってきた御衣の黄丹の暁色に、これもまた新しい御代を寿ぐ朝あけの暁色の光が映り重なってさらに輝きを放つ美として御慶賀を象徴する御歌である。
「黄丹《わうに》」は古代染色による禁色のひとつともなる東宮の袍《ほう》の色で、「暁の色」とも言われる色。天空からの光に新帝即位を慶賀する大嘗会の和歌は「あかねさす朝日の郷《さと》のひかげ草豊《とよ》の明《あか》りの挿頭《かざし》なるべし」や「曇りなき鏡の山の月を見て明らけき代《よ》を空に知る哉《かな》」（共に『新古今集』）と、王朝以来の主流となる思想であった。

東宮殿下の色として長く御身にまとわれていらした装束の「黄丹の色」に、黄丹が象徴する暁の黄赤色が輝やき、三首目に入っては、いよいよ「平《たい》らけき代」「平成」が明けてゆく。

平成

ともどもに平《たひ》らけき代を築かむと諸人《もろひと》のことば国うちに充《み》つ

平成二年

「平成」題で連作となる前の二首から続く三首目、新帝も国民も共にいっしょに「平《たひ》らけき代」を誓う詞が国中に満ちる御慶びの御歌。「ともどもに」「平《たひ》らけき代」「平《たひ》らけき代を築かむ」「諸人《もろひと》のことば」――全ての歌句が「平和」を御一心に御祈念なされ、「つねに国民と共に」あることを望まれる今上帝と后宮様の歌詞そのもの。そうして国民とひとつにあられて「平《たひ》らけき代」を創ろうとの詞が溢れる風景は「幸《さき》くませ真幸《まさき》くませと人びとの声渡りゆく御幸《みゆき》の町に」(平成十六年)へつながってゆく華やぎ。

ひと詞、ひと歌句をそのままに大切に尊重致しながら、それらの歌句が「国うちに充《み》つ」御慶賀に与《あず》かってゆくことになる「平成」の「御代」の一首である。

立太子礼奉祝御題　春

赤玉の緒《を》さへ光りて日《ひ》嗣《つぎ》なる皇子《みこ》とし立たす春をことほぐ

平成三年

古代より霊力や呪力があると信じられてきた光輝の美しい赤玉、その赤玉ばかりかその玉から垂れる緒さえ天照大神のご威光に光り輝やいて、今、「日《ひ》嗣皇子《つぎのみこ》」、その御方としてお立ちあそばす春宮《とうぐう》の春を御寿ぐ御賀歌である。

古代日本では丹（赤）色と白色を神聖と信じ、光る玉に尊貴の念を抱いていて、『古事記』にも「赤玉は緒《を》さへ光れど白玉の君が装《よそひ》し貴くありけり」が伝わる。そのような宝の玉を身に付けたのは人人の崇敬を受ける大君方で、日の神の大命により皇位を継承する日嗣皇子もそのお一人、その立坊《りつぼう》は王朝和歌でも「朝まだき桐生《きりふ》の岡に立つ雉は千世の日つぎの始なりけり」（『拾遺集』）と寿がれている。

浩宮徳仁親王殿下が日嗣皇子様として「皇太子」に立坊なさる「立太子礼」に、行末永い御栄ある春を寿ぐ歴史上の一首である。

皇居・宮殿の正殿松の間で行われた浩宮徳仁親王殿下「立太子宣明の儀」。平成3年2月23日

さやか

君が歩み遠く来ませり一筋のさやかにつづく道とし思ふ

天皇陛下御誕辰御兼題
平成四年

今上帝が一歩、また一歩とお進みなされていらした御「歩み」、それを一筋に尊く続く、これからも続いてゆく「道」とご崇尚なさる御歌。

「さやか」は后宮様がとりわけの清なる美を表わす歌詞で、それは伝統和歌でも夏越《なごし》の祓《はらい》を詠む「底清み流るゝ河のさやかにも祓ふることを神は聞かなむ」(『拾遺集』)や、神への誓いを詠む聖、西行の「神路山月さやかなる誓ひありて天《あめ》の下をば照らすなりけり」(『新古今集』)などと、透明な美を象徴する神へつながる歌詞であった。

王朝以来、神祇歌で最も崇高な世界を表わしてきた歌詞により、今上帝がお歩みなされる「道」の御崇高を深遠に詠み上げられた一首である。

皇太子の結婚を祝ふ

たづさへて登りゆきませ山はいま木木青葉してさやけくあらむ

御兼題青葉の山
平成五年

これからは妃殿下となられる女性と二人でご一緒に手をとり合って、山をお登りゆきなませ、お二人がこれからお登りになる山は今、木木も全体濃い緑色の活き活きとした青葉に満ち、清浄に明るく在りましょうとの、東宮殿下の御成婚をご祝福なされる御歌である。

日本で現存する最古の文学作品『古事記』は、冒頭を伊邪那岐《いざなき》・伊邪那美《いざなみ》二神の聖婚を描く「あなにやしえをとこを」「あなにやしえをとめを」から始めていて、神神や歴代天皇の婚姻は歴史を創るものであった。

同年の御詠「婚約のととのひし子が晴れやかに梅林《ばいりん》にそふ坂登り来る」（平成五年）が御母后様から「吾子《わこ》」様への私的情愛溢れる御歌であったお心から、この御歌は后宮様から日嗣皇子《ひつぎのみこ》様への御寿ぎの公性《おおやけせい》が濃くなる御賀歌と言える。

御遷宮の夜半に

秋草の園生《そのふ》に虫の声満ちてみ遷《うつ》りの刻《とき》次第に近し

平成五年

秋になり、秋の花を咲かせて春とはまた異なる趣をかもし出す秋草の園生に、草花と同様に虫の心地良い声もさまざまに満ちてきて、いよいよここ東宮御所から新御所へ、今上帝が御遷宮あそばされる時が刻刻と近くなってきたことを詠まれる御歌である。

『源氏物語』「野分」に「いろ種《くさ》を尽くして」と描かれる秋の草花の異趣の情緒、そして清少納言も秋に最も興趣を誘うと綴っている「秋の虫の音《ね》」(『枕草子』五〇 虫は)は、王朝以来の深い日本的情趣となるもの。

近代に西洋から移入された洋花と違い、可憐ながら凜とした日本伝統の秋草と虫の音の抒情が満ちてくる公の「御遷宮」への刻に深い余韻が漂ってくる御歌である。そして〈刻《とき》〉は次へ、后宮様が今上帝とお過ごしなされた私の「移居」の華やかな抒情へと移ってゆく。

## 移居

三十余《さんじふよ》年《ねん》君と過ごししこの御所に夕焼の空見ゆる窓あり

平成五年

新しい御代を迎えられ、新御所に御遷宮なされるにあたり、后宮様が今上帝と三十余年も共に過ごされてきた御所、そこにある茜色に輝やく夕焼が見える〈窓〉を詠む御歌である。〈窓〉はご婚約時に今上帝が贈られた恋歌（平成二年）以来、美智子様には大切な歌詞となるもの、その歌詞〈窓〉を通して旧御所となる部屋から空を見る時、「嫁《とつ》ぎくる人の着物を選びをへ仰ぐ窓とほき夕茜雲《ゆふあかねぐも》」（平成元年）と共通する茜色の夕焼空が見える。その空の中に后宮様が視《み》ているものは今上帝との〈お歩み〉。

今上帝からの贈歌と、美智子様の答歌によってお二人を髣髴とさせる恋の贈答歌から、茜色の中に映像化される三十余年の〈時〉が流麗に移りゆく一首となろう。

新宮殿に移居なされた天皇皇后両陛下と紀宮さま。平成5年12月

## 木の芽

移り住むこの苑《その》の草木《くさき》芽ぐみつつ新しき日々始まらむとす

平成五年十二月皇居内の新御所に移居
平成六年

新しく完成した皇居内の新御所に移り住まわれたこの苑の、春になり生い出た草木が芽ぐみ新しい生命が萌え立つと共に、新御所での新しい生活が今、まさに始まろうとすることを詠まれる御歌。

平成五（一九九三）年、吹上大宮御所とは北へ百五十メートル程離れて平成の御所（新御所）が完成、十二月には后宮様も今上帝とご一緒に移居なされた。そこに溢れる自然の草木は、特に王朝人にも「芽ぐむ」表現の「張る」が「春」と掛詞になることから愛でられ、紀貫之の「霞たち木の芽もはるの雪降れば花なき里も花ぞ散りける」（『古今集』）と、新しい春の慶びの象徴として詠まれた景色であった。

新しい御代を迎えられての新御所での生活が、萌え出る木の芽の命や新鮮な香りの中で輝やき始めるお慶びの御歌である。

草萌

吹上の御所に続きて春草の萌《も》ゆる細道今日踏みてゆく

皇太后陛下御誕辰御兼題
平成六年

先の御代にあられた昭和天皇・香淳皇后の吹上御所から続いて、今、新しい春を迎え緑の色も濃く柔らかい草が一斉に萌え出した細道を、新御所へ向かって一歩、また一歩と踏みしめられて進まれてゆかれる御歌である。

冬が去りゆく早春に萌え出た草の芽は、「焼かずとも草は萌えなむ春日野をただ春の日にまかせたらなむ」(『新古今集』)のとおり王朝人が待ち焦れた春の喜び、その景色は「若草」より少し生長した「春草」で「野辺見れば若菜摘みけりむべしこそ垣根の草も春めきにけれ」(『貫之集』)と、千代への祈願も込められる慶びそのもの。

新御所へ向かわれるお慶びと共に、歴代の帝と后が歩まれた道を受け継がれ、ご希求なさる理想へ向かわれながら、一歩一歩踏みしめてゆかれる御歌と言える。

## 天皇陛下御還暦奉祝歌

# 平和ただに祈りきませり東京の焦土《せうど》の中に立ちましより

平成六年

「平和」、この平和をこそ東京が焦土と化した中にお立ちあそばされた時から御祈念なされていらした今上帝の、一筋の道を詠む御歌。

后宮様の御歌は平成に入って大きく詠風が変わる。この御歌こそ初句に独立句としてイデアを掲げる新風の一首、そのイデアが「平和」なのである。部立の歌詞ともなる御歌として「平和」でも拝見したが、今上帝の「道」を明示する象徴的一首としてもう一度拝見しておきたい。

「ともどもに平《たひ》らけき代を築かむと諸人《もろひと》のことば国うちに充《み》つ」（平成二年）と開かれた平成の御代へ、「君が歩み遠く来ませり一筋のさやかにつづく道とし思ふ」（平成四年）と歩まれた今上帝の最もの御祈願こそが「平和」そのものであると、鮮明に謳われた貴重にも大切な歴史的一首である。

歌会始御題　苗

日本列島田ごとの早苗そよぐらむ今日わが君も御田《みた》にいでます

平成八年

日本列島全国の北から南、隅から隅まで全ての田に水が張り、美しく、緑の早苗が風にそよいで稲が育っているであろう風景を想っては、日本中の水田がそのようにある中で今日、わが君今上帝も稲をお育てになられる御田にお出ましあそばすお慶びの御歌。

初句「日本列島」との、国見をなさるかのような日本の姿を掲《かか》げる表現も后宮様とおなりになられてからの新風、そこから「御田屋《みたや》守《もり》けふは五月になりにけり急げや早苗おいもこそすれ」（『後拾遺集』）にも詠まれる王朝和歌風の、揺れ水に映る日本の最も美しい風景「早苗」が続き、昭和天皇以来の帝の稲作へと結ぶ。

五・七・五・七・七、三十一音一首に「国見へつながる視点」「初夏の水田の美景」「帝御自らの稲作」との、美となり聖となる日本の本質が早苗のイメージの中で展開してゆく御歌である。

母の日

わが君のはた国人《くにびと》の御母《みはは》にてけふ母の日の花奉《たてまつ》る

平成八年

皇太后様はわが君今上帝の御母宮様でいらっしゃると共に、日本国人の御国母様でもいらして、后宮様にも最もお大切な御方の一人、その皇太后様に、今日、母の日には、母の日のお花を奉られたことを詠まれる御歌。

「国母《こくも》」の存在については清盛一姫から高倉天皇中宮、安徳天皇生母となった建礼門院徳子を『平家物語覚一本』で「后《きさき》に立たせ給ふ。……皇子御誕生ありて、皇太子に立ち……天下の国母」と語る。

「吹上の御所に続きて春草の萌《も》ゆる細道今日踏みてゆく」（平成六年）から続いて、「かなたより木の花なるか香《か》り来る母宮《ははみや》の御所に続くこの道」（平成九年）へと繋がってゆく、永遠に皇統の「道」を御継承なされてゆく皇太后陛下への敬愛の情が溢れる御歌と言える。

結婚四十年を迎へて

# 遠白《とほしろ》き神代の時に入るごとく伊勢参道を君とゆきし日

平成十一年

ご成婚四十年を迎えられて、「遠白《とほしろ》き神代の時に入る」ように伊勢神宮参道を進まれた今上帝とごいっしょの日を詠まれた御歌。

「遠白《とほしろ》し」は『万葉集』以来、偉大さを表わした歌詞で、中世に至り鴨長明も崇高雄大で奥深い幽邃《ゆうすい》の境を「姿麗《うる》はしく、清げに……丈高《たけたか》く遠白《とほしろ》き」（『無名抄』）と記した詞《ことば》。この初句からは、現世を超えた崇高な、実社会とは異次元の神話の「時」とその「世界」に入ってゆくかのような伊勢参道へ真直につながってゆく。

一般のご家庭から祭祀を最もとする皇室に入内《じゆだい》なされた時の、后宮様のご決意やご覚悟の重さまで深遠となろう御歌と言える。

皇太子さまと美智子さまは結婚報告のため、伊勢神宮へ参拝した。
五十鈴川畔にたたずむご夫妻。昭和34年4月18日

歌会始御題　歩み

風通ふあしたの小《こ》径《みち》歩みゆく癒えざるも君清《すが》しくまして

平成十七年

まだ御病気から御完治はなされていらっしゃらないものの、今上帝であり、后宮様の大切な御夫君様である「君」は清清しくおいであそばされて、同じく清清しい風が吹き通って来る朝の小径をゆったりとお歩みなさっていらっしゃるお嬉しみの御歌である。「風通ふ」は歴史的女性歌人俊成卿女の名歌「風通ふ寝覚めの袖の花の香にかをる枕の春の夜の夢」（『新古今集』）がすぐに想起される秀句で、吹き通る風の感覚が今にも肌に伝わってこよう。

この歌句で一首を詠み始めることにより、「花の香」漂う風が感知されながら朝の小径の景がイメージされ、本来文脈的には先に読む下句での今上帝の清清しさが印象化される。そこで再び上句に返って文脈を辿るとさらに、今上帝に吹く風までも清新に、御心にも透明に吹き通って来る余情が漂う、「風」が一首を貫ぬいてゆく御歌となろう。

歌会始御題　光

君とゆく道の果たての遠白《とほしろ》く夕暮れてなほ光あるらし

平成二十二年

今上帝と一歩、また一歩とゆかれる「道」、その極まりの夕暮れた後も、それでも注いでいる「光」を詠む御歌である。「道」こそは皇族が継承し、そのようにあるべき最もの尊さを象徴して后宮様が大切になさる歌詞なのである。その道を、今上帝とごいっしょに確実に積み重ねられながら、人生の年月も重なって夕暮れてはきたものの、理想として御希求なされていらした「遠白《とほしろ》」い崇尚な境には全ての生命が輝やいて、平和に生きる希望となる「光」が射しそそぐ。

后宮様がお求めになられる〈魂の境地〉を象徴するどこまでも崇高な一首であると共に、后宮様を敬慕して尽きない民の心までもその境へ昇華させて下さるような、究極のイデアの境と言える御歌である。

近江神宮御鎮座五十年にあたり

学ぶ道都《みやこ》に鄙《ひな》に開かれし帝《みかど》にましぬ遠くしのばゆ

平成二年

わたつみ

わたつみに船出をせむと宣《の》りましし君が十九の御夢《おんゆめ》思ふ

天皇陛下御誕辰御兼題
平成三年

月

うつつにし言葉の出《い》でず仰ぎたるこの望《もち》の月思ふ日あらむ

平成五年

冬至過ぐ

わが君の生《あ》れましし日も極まりし冬過ぎてかく日は昇りしか

平成六年

緑蔭

母宮のみ車椅子をゆるやかに押して君ゆかす緑蔭の道

平成七年

短夜

聖上の御病《みやまい》の後《のち》の日に

短夜《みじかよ》の覚《さ》めつつ憩ふ癒えましてみ息安けき君がかたへに

平成八年

香

かなたより木の花なるか香《かを》り来る母宮《ははみや》の御所に続くこの道

平成九年

明治神宮御鎮座八十年にあたり

外国《とつくに》の風招《まね》きつつ国柱《くにばしら》太しくあれと守り給ひき

平成十三年

絲《し》竹《ちく》会《かい》四百五十回にあたり

絲竹《いとたけ》の道栄え来てうれしくもいにしへに逢う心地《ここち》こそすれ

平成十三年

初場所

この年の事無く明けて大君の相撲《すまひ》の席に在《ま》せるうれしさ

平成十八年

歌会始御題　月

年ごとに月の在《あ》りどを確かむる歳旦祭《さいたんさい》に君を送りて

平成十九年

# 雑

これらの御歌はいずれのテーマとも分けがたく、平安朝以来の勅撰和歌集「雑部《ぞうのぶ》」の伝統に拠って「雑《ぞう》」とさせていただく。

枯芝

おそ秋の枯芝まじる広野原《ひろのはら》影ふみ遊ぶ幼子《をさなご》と来て

昭和四十四年

歌会始御題　子ども

さ庭べに夏むらくさの香りたち星やはらかに子の目におちぬ

昭和四十八年

夏木立

夏稚《わか》き白樺木立《こだち》はだれなす影ふみ子らのつぎつぎに行く

昭和四十九年

ペン

わくらばの散り敷く中に見いだししきぎすの羽を子はペンとする

文化の日御兼題
昭和五十年

ひよこ

孵卵器《ふらんき》より出《いで》しひよこら箱ぬちの電球の温《ぬく》もりに身を寄せ眠る

昭和五十三年

噴水

子供らの声きこえ来て広場なる噴水のほの高く立つ見ゆ

昭和五十九年

松虫

松虫の声にまじりて夜《よる》遅く子の弾くならむギターの音《おと》す

昭和五十九年

遠足

遠いでて明日香《あすか》の里を訪《と》ふといふ子のまなうらの春を思へる

昭和六十一年

歌会始御題　車

成人の日のつどひ果て子らの乗る車かへりく茜《あかね》の中を

昭和六十三年

木かげ

暑き陽《ひ》を受けて遊べる幼児《をさなご》をひとときき椎《しひ》の木かげに入《い》るる

平成六年

月の夜

初《うひ》にして身ごもるごとき面輪《おもわ》にて胎動《たいどう》を云ふ月の窓辺《まどべ》に

平成十八年

北京オリンピック

たはやすく勝利の言葉いでずして「なんもいへぬ」と言ふを肯《うべな》ふ

平成二十年

ＦＩＦＡワールドカップ南アフリカ大会

ブブゼラの音も懐しかの国に笛鳴る毎《ごと》にたたかひ果てて

平成二十二年

手紙

「生きてるといいねママお元気ですか」文《ふみ》に項《うな》傾《かぶ》し幼な児眠る

平成二十三年

# 感謝にかえて

わたくしが初めて美智子様の御歌《みうた》に触れましたのは、小学校に入学したばかりの頃でございました。当時は幼少より祖父母が親しませてくれた箏曲や日本舞踊のお稽古が楽しみで、とりわけ箏糸の調べにのって謡《うた》う箏曲の和歌の詞の美しさからわたくしは、王朝文学の世界に強い憧がれを抱き始めたのでございます。

その時に拝見させていただいた美智子様の御歌は、そして現代の中で王朝からの歌詞《うたことば》で詠まれる世界、毎年発表される御歌を拝見させていただくことは、心のときめきとなって参りました。

そしていつかわたくしは、この美しさを世界に紹介させていただきたいと志すようになり、平成に入られてからの皇后様の御歌で、その憧がれは明らかな意志へとなったのでございます。

そうして初めて形となりました拙著が平成十七（二〇〇五）年の『王朝みやび　歌枕のロマン』（朝日新聞社）、『宮廷の女性たち――恋とキャリアの平安レィディー――』（新人物往来社）でした。この小著をどなたよりもご覧いただきたかった御方こそ、わたくしには皇后美智子様でございました。

もったいなくもその小著は、古来の慣例に従がい、著者自身のお手紙を添えさせていただきまして、皇后美智子様へお届けさせていただくことができました。その嬉しさは清少納言が皇后定子に『枕草子』をご内覧いただけた時の気持ちでございましょうか。

時は流れ、平成二十一（二〇〇九）年には中古から中世への勅撰和歌集八集全てを対象とした博士論文『八代集の表現の思想史的研究』で博士（学術）Ph.D.を授けられ、それは『八代集表現思想史』として出版の上、国際ペンクラブ世界大会となる「第七十六回　国際ペン東京大会　二〇一〇」

にも出展となりました。日本の勅撰和歌集に入集《にっしゅう》する倭歌《やまとうた》《わか》が国際社会百か国以上の方へご存知いただけたことでございます。

その著書も畏れ多くごもったいなくも、古来の慣例に従がいまして著者作成の「客観的説明文」を添えさせていただき、天皇・皇后両陛下へ献上させていただけました。

その重みは今度は、紫式部が一条天皇と中宮彰子に『源氏物語』を奏上申し上げた責任とでも申しましょうか。

それにつきまして御下賜《ごかし》として

『皇后陛下御歌集　瀬音《せおと》』

を賜わりましたことが、今回の

『皇后美智子さま　全御歌』

への釈につながりましてございます。

ここに至りますまで、宮内庁の多くの方方のとりわけの御高配に、感謝申し上げる次第でございます。

そして今まで感性も知も魂も細やかに高く昇華させて下さいました〈御歌〉に心からの尊重にて敬させていただきたく存じ、御歌に生きる二千年の日本の文化・思想を生み熟成させて下さった古《いにしえ》の日本の方方に深い感謝を捧《ささ》げ、御魂に心から平安を祈念致したく存じます。

皇后美智子様が八十御賀《おんが》をお迎えあそばす御年

平成二十六（二〇一四）年十月二十日

秦　澄美枝

# 初句索引

御歌は左記を底本としました。

昭和三十四年～平成八年
『皇后陛下御歌集　瀬音』
（平成九年　大東出版社）

平成九年～十七年
『歩み　皇后陛下お言葉集―改訂新版―』
（平成二十二年　海竜社）

平成十八年～二十年
『道　天皇陛下御即位二十年記念記録集
　平成十一年～平成二十年』
（平成二十一年　日本放送出版協会）

平成二十一年～二十六年
宮内庁発表

**【写真提供】**（掲載順、敬称略）

| | |
|---|---|
| 宮内庁 | 一、一四、七八 |
| 読売新聞／アフロ | 八 |
| 朝日新聞社 | 九、一〇、一一、六四、一四一、一五五、一六七、二三八、二四八、二七七、二七八、二八五、二九七 |
| 毎日新聞社／アフロ | 一二、二五五、二五八、二六七 |
| 宮内庁／AP／アフロ | 一三 |
| Natsuki Sakai／アフロ | 一五 |
| PIXTA | 一八 |
| 木原浩 | 三〇、三五、四二、四七、一二二、一六九、一九〇、二二三、二六三 |
| 姉崎一馬 | 四九、一九九、二二二、二三六 |
| 今森光彦 | 五四、一一〇、一五二、一九五、二〇八、二四三 |
| 田中重樹／アフロ | 六〇 |
| Blend Images／アフロ | 六八 |
| 鎌形久／アフロ | 七二 |
| 入江泰吉／入江泰吉記念奈良市写真美術館 | 八四 |
| 陽明文庫 | 九六 |
| 東山すみ | 九九 |
| 熊谷公一／アフロ | 一〇二 |
| JMPA（日本雑誌協会） | 一一二、一七二、一七六、二九〇 |
| 宮内庁／朝日新聞社 | 一三六、一四五、二五一、二六五 |
| 新潮社 | 一六四 |
| 便利堂 | 一八二 |

## 秦　澄美枝　はた・すみえ

日本文学家（研究者・作家・歌人）／博士（学術）Ｐh.Ｄ.
山田流箏曲教授　秦　珠清
聖心女子大学大学院・早稲田大学大学院で日本文学を研究。清泉女子大学、県立広島大学などにて講師を務める（一九八九～二〇〇六年）。現在、一九九二年創立の澄美枝・アカデミー代表。
一般社団法人日本ペンクラブ、公益社団法人日本文藝家協会会員。三笠宮彬子女王殿下が設立・総裁をお務めの一般社団法人心游舎にて日本文化の教育・普及活動を賛助。
主な著書に『宮廷の女性たち―恋とキャリアの平安レィディー―』（二〇〇五年　新人物往来社）、『王朝みやび　歌枕のロマン』（二〇〇五年　朝日新聞社）、『八代集表現思想史』（二〇一〇年　福島民報社）、『清盛平家と日本人―歴史に生きる女性文化―』（二〇一二年　講談社ビジネスパートナーズ）など。

皇后《こうごう》美智子《みちこ》さま　全御歌《ぜんみうた》

発行　二〇一四年一〇月二〇日

釈　秦《はた》　澄美枝《すみえ》

発行者　佐藤隆信

発行所　株式会社新潮社

住所　〒一六二－八七一一　東京都新宿区矢来町七一

電話　編集部　〇三－三二六六－五六一一

読者係　〇三－三二六六－五一一一

http://www.shinchosha.co.jp

印刷所　大日本印刷株式会社

製本所　大口製本印刷株式会社

装幀　新潮社装幀室

乱丁・落丁本は、ご面倒ですが小社読者係宛お送り下さい。
送料小社負担にてお取替えいたします。
価格はカバーに表示してあります。



ISBN978-4-10-336671-3　C0095